河出文庫

スタッキング可能

松田青子

河出書房新社

目次

スタッキング可能

スタッキング可能

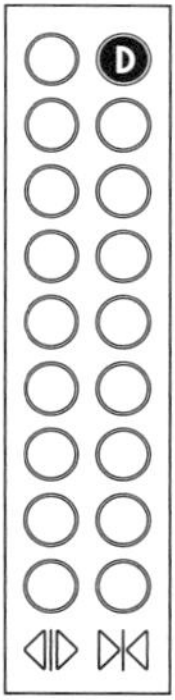

「あなた、先ほどから私たちが今いる給湯室の、社員たちが各自持ち寄ったカップをてんでに置いている流しの横のスペースを落ち着きなげに見つめてらっしゃるようにお見受けしましたが、そこに何があるというんですか？」

「な、なんのことやらさっぱりわからん」

「これは失礼。質問が悪かったようですね。あなたにとってあるべきはずのものがない、つまり、一体全体そこから何がなくなっているというんですか？」

「お、おまえ、おまえ、なにを知っているというんだ」

「あなたのお探しものでしたら、流しの上の引き戸の下の段にある「飲みたければ飲めばいいじゃない」と油性ボールペンで書かれた共有のミロの袋の後ろにありますよ」

「なにを！」

「ほらほら、なにも飛びつくことはないじゃないですか。逃げませんって。あなたの探しているこのタンブラーは逃げません。ほほう、かぼちゃ柄ですか。おや、ここにほうきに乗った魔女もいる。どうやらハロウィン限定商品ですな。もちろん推理するまでもないことですがね」

「貴様。ミロの後ろにあると言い、私を飛びつかせておきながら、自分のマントの下からタンブラーを出すとはなんと卑劣な。くそ、そのタンブラーを私に渡せ！」

「おおっと、そうはいきません。このタンブラーにはある重大な秘密、つまり証拠が隠されているのですから」

「ふん、どういうことだかさっぱりわからんな」

「あくまでもしらを切るおつもりのようですね。いいでしょう。いいですか、このタンブラーに毒を混入させ、ボビーさんを殺害することができたのはあなただけなんです」

「くそ、おまえ、どこまで、どこまで知ってるんだ！」

「D田だろ。やっぱおまえもそう思ってたか。俺も絶対そうだと思ってたんだよ」

　A田は我が意を得たりとばかりに、自分のジョッキをB田のジョッキにごんと当てた。ハイファイブのかわりだ。

「ああ、一瞬だまされるところだったが、俺の目はごまかされない。しかも今のおまえの言葉を聞いてさらに確信したよ」

　B田は最後の言葉を放って息をつく間もなくビールをあおるとジョッキを空にし、そのまま「おかわり」とこの店でA田ランキング三位の店員に声をかける。A田によると、顔はそんなにかわいくないが、愛想《あいそ》がいい、笑顔がいい、ということらしい。B田の真っ赤に染まった首をほれぼれと眺めながら、A田は枝豆を口に入れる。塩加減がちょうどいい。

「で、どこでそう思ったんだよ」A田はテーブルにひじをかけると、体を乗り出す。

ついでにネクタイをもう少し緩《ゆる》めた。B田と同じく赤い首もとが露《あらわ》になる。目も赤い。

「いやなに、簡単なことだよ。俺がトイレから出てきたときにちょうどD田が給湯室で、ほらあのスターバックスで売ってるタンブラーとかいうやつにお湯を注《そそ》いでいるところだったからさ、声をかけてやったんだよ。新しい職場にはもう慣れましたかって。そしたらD田のやつ、ポットのボタンを押すのをやめもせず、横目で、あっはい、どうもありがとうございます、だぜ。せっかくこっちが会話の入り口つくってやったっていうのに、入ってきもしない。そのままこっちも見ずにタンブラーの蓋《ふた》ぐりぐり閉めてやがった。まったく無礼なやつだぜ」

「げっ、そりゃもう完全に決定だな。典型的なレズビアンの症例だ。実は俺も何度か会話を試《こころ》みたんだけどな、D田の野郎、毎回にこりともしない。なんか固いんだよな。髪も短いし。あとおまえ気付いてたか？　あいつがスカートはいてるところ見たことないだろ？　俺たちに興味がないんだよ」

「ああ、正真正銘のレズビアンだな。けっ。せっかく新しい女が職場に入ったと思ったら、またレズビアンだなんてがっかりだよな」

A田B田は明太子入りのだし巻きたまごをつつきながら、それぞれ心の中にあるレズビアンリストにD田の名前をしたためた。A田の心のノートはコクヨの学習ノートでペンもその時々そこらへんにある一〇〇円のボールペンとかシャーペンとかなんだったら鉛筆でもいいという感じだが、文房具マニアのB田はモレスキン製のノートにウォーターマンの万年筆でしっかりとD田と書き込んだはずだ。

今夜は待ちに待ったレズビアン会議の日だ。

会議といっても、有効な解決策を論じるわけではなく、いや、論じられるものなら論じたいところだろうが論じようがないから論じないわけだが、とにかく自分たちが生活している上でレズビアンたちから受けた不当な仕打ちを報告し、ストレスを発散している。

月に一度のお楽しみ、と語呂《ごろ》よく言いたいところだが、実際は月に二度開催されている。理由は明白だ。レズビアンどもが増え続けているからだ。理由は理解できないが、やつらは流行《はやり》の病《やまい》のように増殖《ぞうしょく》の傾向にある。いや、理由はあれだな、社会の流れってやつだな、まったく忌々《いまいま》しい。これでは月に一度の報告会では身が持たない。

A田B田は月に二度会議を設けることにした。

A田B田は顔を突き合わせ、つばを飛ばし、語り合う。お互いのつばが空気中で混ざり合う。

職場のレズビアン。これが最も頻繁《ひんぱん》に議題にあがった。年がら年中同じ場所にいるのに少しもA田B田たちに興味を見せないレズビアン。愛想はいいし結構かわいいし

A田B田としてもまんざらじゃないのに、まったくまんざらじゃないのに、決して誘ってこない女。これも結局レズビアン。バレンタインデーにチョコレートをくれないレズビアン。義理チョコでも構わないのに、くれたというその気持ちだけで好評価なのに、死んでもくれないレズビアン。街角のレズビアン。電車内のレズビアン。コンビニのレズビアン。角を曲がると向こうからレズビアン。

レズビアンはどこにでもいた。生活圏内レズビアンだらけだった。

なかでもコンパに混ざっているレズビアンは許しがたかった。A田B田たちの顔を見て、あからさまにつまらなそうな顔をしたまま、顔を寄せ小さな声で何やらこそこそ話しているレズビアン同盟。男に興味がないならコンパになんて来るな。A田B田はレズビアンを呪《のろ》った。口汚くののしった。レズビアンにはイライラさせられる。はらわたが煮え繰りかえる。レズビアンは俺たちの生活に喜びを与えない。楽しみをくれない。彩《いろど》りを添えない。

目の前に本来ならカウンターの奥にいるはずの店長の手によって刺身の盛り合わせが置かれた。気が付くと、店内はいつの間にか満席になっている。人手が足りないらしい。

「俺たちにはCちゃんだけだな」

「ああ、Cちゃんはいいな」

「天然っていうか、天真爛漫《てんしんらんまん》っていうか。しゃべると心が洗われるよな」

「この世の女が一人残らずCちゃんみたいだったら最高なのに」

「ああ、まったく、Cちゃんみたいだったらな。俺たち、この抑圧された日々から解放されるってのに」

　A田はふわふわの茶色の髪をした、ふわふわのスカートのCちゃんを思い描いた。用事があってデスクに行くと、用事なんてなくても行くが、その度にそっとお菓子をくれるCちゃん。アメちゃんどうぞなんて言いながら。かわいい、愛らしいCちゃん。

　A田は金目鯛の白濁《はくだく》した目をぐりっとえぐると、ぽんっと口に含んだ。隣の皿の乾きはじめた刺身数切れに飾りの菊の花がぺったりと寄り添っている。この菊の花の方がレズビアンどもよりもよっぽどいい仕事してるぜ。

「お料理がラストオーダーのお時間ですけど、何か追加されますか？」いつの間にか店内にいたA田ランキング一位の店員が降って湧いたように声をかけてきた。今日も総合的にダントツのかわいさだ。A田B田はジョッキを高々と上げると声を揃《そろ》えて宣言した。

「とりあえずもう一杯」

それは中学三年生の時だった。あの瞬間がはじまりだった。別に何か大きな出来事があったわけではない。それは小さな出来事だった。

休み時間だった。『わたし』は自分の席に座ったまま、斜《なな》め後ろの席の女の子と適当に話していた。学校の机やイスは背もたれと座席がつるつるした木製なのに、枠組みや足は鉄製で、その鉄のところどころささくれだったようなざらざらがいつも気になっていて、たまに腕や手を擦《こす》って流血している子もいた、その時も机の裏面のざらざらをさわりながら話していた。斜め後ろの席の女の子は窓側の席だったので、だったのでということもないが、座ったまま上半身に白いカーテンをぐるぐる巻きつけていて、体半分だけ竜巻につかまった人みたいになっていた。

近くの席で、数人の男子が同じように席に座ったまま話をしていた。誰かが持ってきたマンガ雑誌のグラビアを見ながら、せえので一番気に入った子を指差して盛り上

がっていた。

そしたらその一言が聞こえてきたのだ。

「じゃじゃじゃーん、発表します！　えー、俺の女の趣味は、一位、料理がうまい子。二位、かわいい子。そして三位は年賀状の返事をくれる子！」その後はてんでに男子たちがはやし立てる声が音の塊みたいになって、一つ一つの声の判別がつかなくなった。

その一言はなんだかわからないが『わたし』の心に残った。違和感があった。その男の子に秘《ひそ》かに思いを寄せていたとかでは決してない。なんだ、それ、なんだ、その趣味と思ったのだ。

次の授業時間中、『わたし』はさっきの一言について考えた。

まず中三にして、料理がうまい云々《うんぬん》が栄えある一位になっているのがよくわからなかった。結婚して一緒に住んでいるわけでもないのに。仮に料理のうまい子と付き合えたとして、おまえがその恩恵《おんけい》にあずかることができるのは、もっとずっと先のことじゃないのか。お弁当か。その女の子がお弁当をつくってくれるのを期待してんのか。しかし中学生のお弁当にそこまで料理の腕が関わってくるんだろうか。細かくいったらもちろん関わってくるんだろうけど、でも料理のうまい下手なんて厳密なところおまえにちゃんとわかんのか。テレビドラマでよくあるような「うちの奥さんは料理がうまいんだ」とかなんとかに影響されているだけじゃないか。

二位はまあ、置いておこう。よくあるやつだ。

それより何よりわからないのが三位の年賀状だ。そんな年に一度紙切れ一枚を送ってもらうことが、ほかのいろんなことを差し置いて三位に食い込んでくるほど重要なことなのだろうか。わからない。ぜんぜんわからない。

『わたし』はわからなすぎて呆然《ぼうぜん》とした。そのうち自分の中にむくむくと反発したい気持ちが湧いてきていることに気が付いた。自分の悪口を言われたわけじゃないのに、なんだかすごく馬鹿にされたような気がした。いまからその男子の席につつと向かって、「おまえのその女の趣味おもしろくないぞ！　しょうもないぞ！」とそいつの顔を指差しながら言いたいと思った。ドーン！って地獄に落としてやりたいと思った。もちろん本当に席を立つわけもなく、ただ授業中ずっとむかむかしていただけだったけど、それがはじまりだった。終わりのない違和感のはじまりの日だった。

一度気になりだすと、違和感はどこまでもついて来た。『わたし』がいくら年をとっても、どこに行っても。

学生時代の夏合宿の夜、『わたし』がオセロで勝つと、負けず嫌いだなあと言った同じサークルに属していた男。どうして普通にオセロをしていただけで、そしておまえに勝っただけで、負けず嫌いになるのか。おまえがオセロ弱いだけだろ。お好み焼き屋で、『わたし』が率先して取り分けないと、えっ女のくせに取り分けないなんてびっくりしたと言った、同じゼミに属していた男。論外。そいつの一言に普通に意見を言おうとしただけなのに、まあまあ、怒らない、ムキにならないとなだめてこようとしたバイト先の男。女が言い返すとは、自分と違う意見を返そうとするとはつゆとも想定したことがない男。そういう女が全員怒っているように見える男。それでむしろムキになってるのはそっちだろと突っ込みたくなるほどつっかかってくる男。妙にボディタッチが多く接近度が高い男。どこにでもいた。似たようなのがどこにでも。『わたし』はそのたびに、あーあ、と思った。がっかりした。そう、本当に、心の底から、がっかりした。そういう毎日の中で、相手に合わせてみたり、合わせきれなかったりで、中途半端にその場その場の対応をしながら時を過ごすのは、その場しのぎで生きていくのは、なんだかとてもみじめで心もとないような気がした。自分にずっと嘘《うそ》をつき続けているみたいだった。ちゃんと地面の上を歩いていないように感じた。『わたし』はいつか自分はがっかりしない男の人に出会えるんだろうかと想像してみた。望み薄だな。だってこんなにうじゃうじゃいるんだもん。うっじゃうじゃ。『わたし』の世界は、夏休み真《ま》っ只中《ただなか》の循環ドーナツ型の流れるプールみたいだった。なんだこの一つも楽しくないプールは。

『わたし』は絶望した。終わってる、この世界、終わってる、と思った。

笑顔がかわいい。えくぼがかわいい。天然でかわいい。家庭的でいい。やさしい。男たちが好きな女のナイスポイントをあげつらう度に、『わたし』はそんな女になりたくないと思った。死んでもなりたくない。

『わたし』は笑うのをやめた。無理して合わせようとするのをやめた。何があっても目の前に出てきたシーザーサラダを取り分けないと決めた。そうすると男たちにこわいと言われた。陰口を叩《たた》かれた。でもその方がずっとマシだった。それが当たり前だとどこでそう思ったのか知るよしもないが当たり前だと思い込んでいる男たち、そいつらに合わせてるんだかそうじゃないのかわかんないけど同じ思い込みの中にいる女たちの中で、そうしない女がいることを体現してやると心に決めた。これは戦いだと『わたし』は思った。

C田は新卒で入った会社で配属された部署のチームリーダーがどでかい毛むくじゃ

らの生き物だったので驚いた。チームリーダーは縦にも横にもでかく、ごわごわの毛に覆《おお》われているせいで、さらにでかく見えた。小柄なC田を何人かコピーし、騎馬《きば》を組んだとして、優に三体は入りそうだった。毛に隠れて顔はよく見えない。奥に小さな目が光るのがたまに毛のすだれが揺れると見えた。強《し》いていえばオランウータンに似ているような気がした。

C田は小さい頃よく連れていってもらった動物園にいたオランウータンを思い返した。そのオランウータンはC田が行くとだいたいいつもケージに渡された太い木の枝の上で麻の大きな布をかぶってうずくまっており、その様《さま》が男と酒で身を持ち崩した年老いたフランス女みたいでかっこよかったのでよく見とれた。シャンソンとか歌うのが似合いそうだった。

しかし今目の前にいるチームリーダーは何なんだろうか。社会人になったら驚くことがいっぱいあるとは聞いていたがここまでだとは想像していなかった。なぜ職場にオランウータン。同期は皆違う部署、違う支部に配属されていたので、ほかの人にもチームリーダーがオランウータンに見えるのか確認することはできなかった。

その後研修がはじまってすぐに判明したことだが、チームリーダーはやはりオランウータンではないらしかった。まず、オランウータンの毛は焦げ茶色だけど、チームリーダーの毛は真っ黒なのだ。オランウータンの毛に比べて結構キューティクルもあ

る し。

C田は昼休みにネットでオランウータンやほかの可能性を画像検索してみたが、それでは納得いかず、部署は違うが同じフロアに配属されている同期の男性社員から誘われていた週末のデートの目的地を動物園と指定した。そうすれば二つの懸案事項がいっぺんに片付く。三回断ったのに、敵は怯《ひる》まず四回目のチャレンジを実行してきたので、もう断る理由を考える方がめんどくさかった。

日曜日は晴天だった。やっぱり動物園とか好きなんだね、と相手はなぜかうれしそうで、C田は心の中で、やっぱり、ってなんだよと思いながら、オランウータンやゴリラの檻《おり》を熱心に眺めた。結論として、わかっていたことだが、チームリーダーはオランウータンではなかった。結論として、わかっていたことだが、もうこの同期の男と二人きりで会うのは嫌だなと思った。好きがあからさますぎてだるかった。たいした好きでもないくせに。手近な好きで済まそうとするのはこいつの勝手だが、私を巻き込まないで欲しいとC田は思った。

チームリーダーは社内でいつも花嫁のベールのごとく長い毛をひきずっていた。チームリーダーが社内を徘徊《はいかい》というか移動していくうちに、床にひきずられている部分の毛には色とりどりのポストイットやお菓子のくずなんかが絡み合っていき、カラフルなタペストリーを織《お》り上《あ》げていった。チームリーダーが通ったフロアはゴミ一つなく、清掃の人たちは喜ぶかと思いきや、チームリーダーが突如として静止し小さくぶるぶると震えた後フロアに残される黄色いシミや糞便《ふんべん》の対処に、むしろ頭を掻《か》きむしらんばかりだった。これには私たちだって閉口した。

しかし、何より問題なのはC田には、チームリーダーが何を言っているのか一言も理解できないことだった。

特に研修の時には本当に参った。つらかった。獣《けもの》の言葉で研修されても困る。普通に困る。どう考えても困る。

この会社はおかしいんじゃないか。目の前で唸《うな》り続《つづ》け、チームリーダー的にはちゃんと流れがあるのだろうが、C田的には唐突としかいえないタイミングで急に何度か低く吠《ほ》えたり、口をとがらせひょうきんな音を出したり、歯茎むき出しでシーシー歯を鳴らしはじめるチームリーダーの周りで何事もないかのように自らの職務を遂行している先輩たちをC田は見回した。無関心そのものだった。やばい。これじゃ仕事が覚えられない。あとどこでチームリーダーに相づちを打てばいいのか、返事をすればいいのかわからない。

C田は血の気が引いた。せっかく入った会社なのに、このまま仕事を覚えないやつと不適合者の烙印《らくいん》を押され、早々に解雇《かいこ》なんてことはどうしても避けたい。私は働きたいのだ。

C田はC田より何年も前に就職していた従兄《いとこ》の言葉を思い出した。従兄は最初の会社に入社して一年半後、突如として会社に行けなくなり、どうしても行けないのだと言った、そのまま退社、二ヶ月ほどベッドの中で過ごした後、突然がばっと起きあがり、新しく雇われた会社でそれまでが嘘のようにきびきびと働いている。親戚《しんせき》の集まりのがやがやとした空気の中、テーブルに三つ並んだ出前の寿司桶から順繰りにイカだけ取りながら、従兄はC田に言った。「簡単なことだ。これだけわかっていればいい。誰も理解してくれない。それに加えていうならば、誰のことも理解できない」

それは魔法の言葉だった。

次の日からC田は、チームリーダーに全神経を集中した。理解することはどうしたって無理な話だったが、チームリーダーの鳴き声の機微を聞き取り、ここが相づちしどころと思った時は、女子バレーのアタックさながら「はいっ」と突っ込んでいった。肝心の仕事の内容は、マニュアルとして文書化されている部分や周りの先輩たちの会話をつなぎ合わせ形にしていった。コラージュを作成しているような気分だった。そういえば学生時代のゼミの担任が、C田をはじめとした年中霧の中にいるごとくぼんやりしたゼミ生たちに行間を読める人間になれと何度もあきれ顔で言っていたが、それはこういうことだったのか。

今、C田は誰よりも行間を読もうとしていた。読まなくていいところまで、もう何もないところまで、会社の行間を読み尽くそうと神経を尖《とが》らせていた。まるで留学生の気分だった。ああ、駅前留学で済めばどんなに楽だったか。帰りの電車の中、英会話学校の広告を見つめながらC田は嘆《なげ》いた。だけど働きたい。私は働きたい。そのために私はここにいる。

C田は地道に努力を重ねた。いつまでたってもいちいち驚かされるだけで少しも意味がとれないチームリーダーの鳴き声に耳を澄《す》ませた。何も見落とすまいと目を見開いてチームリーダーの一挙手一投足を見つめた。それ以外の時間はすべて心の中ではさみとカッターとのりを用いコラージュに励んだ。

そして初任給が振り込まれた日、C田は心の底から安堵《あんど》した。な、なんとかやっていこう。合ってるのか合ってないのかぜんぜんわかんないけど。C田ははじめての給料がはっきりと黒く印字された通帳をにぎりしめた。

「D田さん、ぼくのエコバッグ知りませんか？　ここに置いたはずなんですけどね」

「あっ、わからないです。見てないです」

「そうですか、おかしいな、ぼくのエコバッグどこいったんだろ」

「あらー」

会議室のイスを隅に重ね終えたD田は自分のラップトップを抱えると会議室を出て、エレベーターホールで下向きの矢印が記されたボタンを押した。同じくイスを重ね終わった同じチームのJ田が後に続いてきた。

「あれー、ぼく、会議はじまる前に持ってきてなかったですかね。覚えてないですか？」

「このエコバッグから見つかった鍵《かぎ》、これが何よりの証拠です」

「さあ、見てないような気がしますけど」

「ま、待ってください、それは私のエコバッグではありません」

「うーん、困ったな、あの中にお弁当入れてたんですよね。ほら、プロジェクトの企画書の準備で昼休みに食べ損ねちゃって。会議の後そのまま一二階の休憩室に直行しようと思って持ってきたはずだったんですけど。あーあ、ようやく自分の時間がとれると思ったのに」

「なんですと。しかしこのエコバッグはあなたが事件の前に紛失したと言っていた女性誌のノベルティのエコバッグではないのですか。このエコバッグの中に殺されたジェームスさんが住んでいた、つまり今回の密室の殺人事件の舞台となったあのマンションのルームキーが入っていたんですよ。これをどういい逃れするというんですかな」

「あ、そうなんですか、困りましたね」

「いえ、確かにそれは私が毎月愛読している女性誌のノベルティのエコバッグですが、その時のノベルティは五種類あったんです。見てください、このロゴのプリントを。

これはパープルですけど、私のエコバッグはロゴがピンク色なんです。私が何色か選択肢がある場合は必ずピンク色を選ぶという性質の持ち主であることは夫や友人たちに聞けばわかると思います。私は犯人なんかじゃありません」

「参ったなあ。いそがしい時に限ってこういうことが起こるんですよ。しまったなぁ、嫁さんに怒られる」

「確かにあなたがおっしゃる通りあなたの携帯電話も眼鏡のふちもその手ににぎりしめているタオルハンカチの色もすべてピンク色だ。とするとこのエコバッグは一体誰のものだというのか」

「ああ、それは困りましたねー」

「それにエコバッグなんてショッピングするお店お店でくれるものだからもう何十枚もありますのよ。一生分あるくらいですわ。ですからこんなの何の証拠にもなりませんことよ。まったくホームズさんともあろう御仁がレディについて少しもわかってらっしゃらないんだから。これじゃねんねちゃんですわね、きらいじゃなくてよそういうの、オホホホ」

「えーと、俺どうしたっけ？　会議の後すぐ休憩室で食べられるようにと思って、自分のオフィスの階の冷蔵庫から出したんだよな。ほら、休憩室、八階のここからの方が近いから。

それでこの階まで持ってきて。そうだ、そんでこの階の給湯室にも冷蔵庫があること思い出して、そこに入れたんだ、そうだそうだ、完全にそうだ。わー、よかった思い出して。いやー、すみません、聞いてくれてありがとうございました！」

「みなさん、お茶が入りました……ハッ、それはもしかして昨日から見当たらなくなっていた私のエコバッグ⁉」

「あっ、よかったですねー」

「デボラさん、まさかあなたが犯人だというのですか⁉」

「ぼく、ちょっと取ってくるんで、その間にエレベーターが来たら気にせずに先に行ってください。あの、ぜんぜん気にしなくていいんで。ほんとに気にしないでくださいね」

「あっ、ちがった、似ていたので一瞬見間違えました。私のエコバッグはパン祭のシールを集めてもらったものなのでパンの絵柄なんです」

「はーい」

「ああ、もうエコバッグだらけで混乱してきた。まさかこんなに込み入った事件になるとは。それにしてもご婦人方のエコバッグの執着には並々ならぬものがありますな、ワトソンくん」

給湯室に取って返すJ田の後ろ姿に「はーい」と生返事しながら、はなから少しも気にしてなーい、とD田は思った。エレベーターはまだ来る気配がなかった。

D田はエレベーターホールの奥にある階段へと足を向けた。

最初からこうすればよかった。そう思いながら階段を下りはじめる。

階段の窓からはジャンクションが目の前に見える。何重《いくえ》にもなったレーンの上を車が同じ方向に流れていく。この階は重なったレーンのうち真ん中の高さにあるレーンとだいたい同じ高さだ。この窓からは見えないけれど、ジャンクションはD田のいるビルの横をなだらかなカーブを描きながら右方向に逸《そ》れ、それから大きな川の上を通過することをD田は知っていた。大きな川にかかった大きな橋がちょうどジャンクションの真下にあり、橋を渡りながら左手を見ると、遠くに完成したばかりの、世界一高いらしい電波塔が見える。世界一とかどうでもいいけど。夜はそのタワーが青く光る。川を運行する商業用の船が通ると、大きな橋がどうんどうんと振動した。商業用の船が通り過ぎた後も、波はしばらく落ち着かない。いい大きさのカジキマグロの大群が船の後を追いかけているみたいに波は打った。そんなに大きな船じゃないのに、毎回すごい威力だ。橋を渡りきり、階段を下りて、川沿いの道に降りる。川沿いを歩いていると、乱《みだ》された水の様子は、近すぎて少し恐ろしく感じる。この道は水が近かった。鉄の柵《さく》が低い。柵にはところどころ救助用のオレンジ色の浮き輪が括《くく》り付けられている。川側じゃない方は建物の向こうに工場の頭だけ見える。そのまま進んでいくと、中くらいの橋が近付いてくる。この橋も夜は青く光る。この橋の下を通り抜けるときが一番スリリングだ。ここだけ水面の高さと地面の高さの高低が逆になる。水の上を歩いているみたいだ。そしてこのポイントを歩いている人たちを、さっきまで自分が歩いていた場所から見た時実際水の上を歩いているみたいに見えた。水の上を歩いているみたいだと思った。ここで川沿いを離れる。石段を上がり、くぐり抜けたばかりの橋を渡る。この橋は渡りたい。一回でも多く渡りたい。この橋が大好き。渡っている時、右手を見ると、さっきよりも遠くにできたばかりのタワーが見える。左手を見れば、川が二手に分かれていく。あの川と川の間にある場所にいつか行ってみたい。高いビルがいくつも立っている場所。すぐ行ける距離なのにまだ行ったことがない。橋を渡り切る。コンベヤベルトと書かれた白いビルがある。道路を渡る。白い倉庫がある。小さな橋を渡る。小さな船が何艘《なんそう》も停まっている。さっきと逆側の川沿いを歩く。今度は堀の上を歩く。水が遠い。歩く。いつもいる猫がいる。歩く。小さな窓がぶつぶつ恐怖症が発症しそうなくらいびっしりと等間隔に並んだ巨大なビルがある。そのビルの芝生の上を通り、横道に入ってしばらくすると、灰色のD田の会社が見えてくる。そのどれも今は見えなかった。だけどこの窓からジャンクションを見れば、その後の光景もすべて頭の中でつながって見えた。

D田は自分のフロアである五階までゆっくりと下りた。途中で、お弁当の入った小さなバッグを持ったD山とすれ違った。面識はなかったが、どの階にいる人かもわからなかったが、たまにこんな風に階段で、どうやら休憩室の行き帰りに、すれ違っているようだった。D田が同じようにお弁当の入った小さなバッグを持っている時もあった。あなたも階段派ですか。そうですよね、階段派ですよね。同志がいるようで、D田はD山とすれ違うと少しうれしかった。飲み屋で愚痴《ぐち》をこぼし合ったり、恋バナしているような関係よりも、もっとずっと同志みたいな気がしていた。

D田は五階につくと、もう一度窓の外を眺めた。重なり合ったジャンクションの錆《さ》びた鉄の下面が見える。目の前にある、一階にチェーンのコーヒーショップが入ったビルの窓から、観葉植物の頭が少し見えていた。

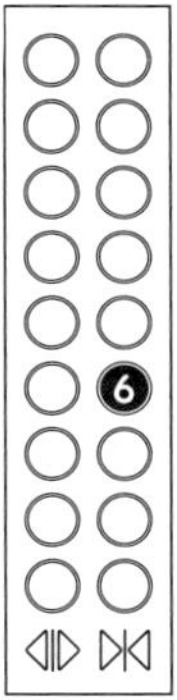

エレベーターが一度に二台到着したらしく、コンビニ帰り、弁当屋帰りの人の波がなだれ込み、六階のオフィスが一気に騒がしくなった。昼休みのオフィスは、その瞬間壮絶《そうぜつ》なからあげのにおいに包まれた。

「そういえばあの男の子どうだったの？　ほら、この前コンパで結構いい感じの人がいたって」

「あーあれ、ダメです。飲み会でミクシィやってる？って話になって、マイミクになって、やったと思ってたんですけど、その人が入ってるコミュニティ見てみたら、宮崎あおい、蒼井優、麻生久美子、極《きわ》めつけに深津絵里とかで、なんかそれ見てたらがんばる気がなくなりました」

「うわ、それはやる気なくすわ。こっち勝ち目ゼロじゃんって気分にさせるよね。てかさ、そのセレクト、その集合体、女に夢持ってるタイプだよね。絶対ドリーマー」

「そうそう、もう萎《な》え萎えです。まあ、B野さんには負けますが」

「なに、B野がどうしたの？」

「あっ、F野さん知らなかったですか？　ほら、同期のK野ちゃんがなんかの流れでB野さんとマイミクになったら、オードリー・ヘップバーンのコミュにだけ入ってたんですって。あとはモレスキンとか文房具系だけ」

「えっ、B野、それ絶対マザコンか神経質だよね。えっ、意外」

「今のご時世、ミクシィとかフェイスブックやってない人の方が絶対モテますよね。見たくないですよね、そういうの」

「うん、私、好きな人がブログやってるだけでやだ。えらそうに映画とか本の感想書いてると思っただけで鳥肌《とりはだ》がたつ」

「そうなんですよ！　だからこれは逆もまた真なりだと思ってですね、わたし絶対加瀬亮とか西島秀俊とか松田翔太のコミュニティ入るのやめようと思って！　てゆうか、これからは退会ですよ、退会！　ソーシャルネットワークに縛られない自由な女を目指しますよ私は！」

「おお、G野、発想が新しいね」

「ええ、いつまでも次から次へとはいはいソーシャルやってられるかっつーの」

　職場の女たちと妻が同じ女だとは思えなかった。ビニール袋からがさがさ出したばかりのコンビニのサラダとカップ入りのスープ春雨をつつきながらひとときも休まずしゃべり続けている目の前の女たちと家で待っている自分の妻が同じカテゴリーに属している生物だとはとても。

E野は妻が持たせてくれた弁当の卵焼きを口にいれながら、今日も不思議な気持ちになった。

「あー、キャリアも上げなきゃいけないし女子力も上げなきゃいけないし女ってほんと大変ですよね。もう嫌になっちゃいますよ」

「だめだめG野、アラサーアラフォーの私たち、ここがふんばりどきだから。絶対誰か見ててくれるから」

「そうですよね、頼らず生きていくって決めましたもんね。そんな簡単に主婦なんかになるつもりはない！　私は逃げない！」

「そうだよ、私たち、女がんばろう」

「ええ、女がんばりましょう、F野さん。あっ返信してない、ちょっと返信しますね。すっかり返信した気でいた」

「誰だよ、誰宛だよ」

「ぎゃー、黒酢、黒酢ドリンクが倒れるじゃないですか、やめてください、ぎゃはは、F野さん、うける！」

自分の妻はまるでそのために俺と結婚したんじゃと邪推《じゃすい》するのもバカバカしくなるほどの前のめりで仕事を辞め、さっさと俺の稼いだ金を自分の金と同一視する生活を営んでいるが、それはぜんぜんいいのだが、目の前のこいつらは何なんだろう。同じ女のはずなのにまったく正反対の思考回路を持っていて混乱する。同じ女ならどっちかにしてくれ。どっちかにしてくれないか、面倒だから。彼女たちの話を聞いていると、自分がどこかのタイミングで辞書を一冊手渡され忘れたような気分になる。何を話しているのか、だから理解できないのだ。辞書があるならあるで渡してくれたら、俺だって目を通す気持ちはあるんだが。

それにしても女のおしゃべりを聞いていると飯がまずくなる。E野は眉をひそめた。よく知らんが、どっかカフェとか青山のワインバーでやってくれ。それになんだよ、金も気もかかっているんだろうと思うが、なんていうか外見外装全身から尖《とが》りだけが伝わってくる。やわらかさがないんだよ。せっかく昼休みだというのにまったく疲れがとれない。癒《いや》されない。頼むから缶コーヒーのCMに出てくるタレントたちみたいに俺を癒してくれよ。いや、だめだ、これは思ってはいけないやつだ。少しでも口に出したらやばいやつだ。俺は理解のある男というスタンスにいると決めたはずだ。

E野は生姜焼《しょうがや》きを嚙《か》み切りながら、二〇年にわたる社会生活の間に自分なりにまとめた理解をもう一度頭の中で整理した。

女子社員は、自分たちと同じように会社に働きに来ているのであって、男性社員を気持ちよくさせるために来ているのではない。俺たちを癒すためにいるのではない。給料や待遇は人それぞれ違うものだからそれは置いておくとして、それ以外はまったく同じ条件で同じ場所にいるのであって、愛想の良さややさしさはオプションでしかない。もしそのオプションを望むのであれば、男性社員にも同じように愛想のよさややさしさを望むべきだ。男には求めないくせに、女には求め、そうでない女に機嫌の悪いやつ、こわいやつ、だという判断をするのはフェアではない。しかもそのオプションを付けるかどうかを決めるのは当の女子社員であって、男の方ではない。オプションを付けてくれているのならば、ただありがたいと思うべきで、それをデフォルトだと思うべきではない。スカートもストッキングもきれいな色の口紅もふわふわの髪もすべてオプションだ。こっちにどうこう思う、言う権利なんて少しもない。自分にやさしくしてくれないからといってその女子社員を悪く思う権利なんて少しもないのだ。わかっている。これは大事なことだ。大事なポイントだ。わかってないと今の社会では、会社では、とんでもないことになる。しかしこれがいつの間にか忘れてしまうのだ。面白いくらいにすぐ忘れてしまう。

「それにしても男いないですよね」

「いないねー男。どこ行けばいるんだろうねー男」

「いても最終的に結局いないんですよね。まあ、相手が悪かったって片付けちゃうんですけどね。それだけの話なんですけどね」

「G川、それを言ったらおしまいだから」

「ハッ、失礼しました、F川さん。ワタクシG川、たとえ空に散ろうとも最後まで最善を尽くします！」

　自分は男じゃないんだろうか。E川はプチトマトをかじった。彼女たちにすれば四〇を越えた自分などどこにもカテゴライズされていなくても仕方がないとはいえ、年だけが問題じゃないことはわかっているとはいえ、目の前でまるで存在しないかのように男が、男が、と話されると少し居心地が悪かった。あとさっきおまえたちが話し

ていたことと矛盾《むじゅん》してないか。大事なことをいつの間にか忘れてしまう原因はこれじゃないかとふと思った。整合性がどこか感じられないのだ。これがよくてあれはだめ、女のルールがさっぱりわからない。ルールがあるのかどうかも不明だが。

「ていうかさっき退会だ！って言っちゃいましたけど、実は今タンブラーにはまってるんですよね。タンブラー、楽しいですよ」

「えー、でもあれ画像とか貼り付けるだけでしょ？」

「そうです。ほら、中学の時によく切り抜きの交換とかしたじゃないですか。あれを知らない人たちとやってるみたいで、いい感じで。それに画像を積み重ねていくとアーカイブで見たときに結構壮観なんですよ。結構馬鹿にならないっていうか」

「へー」

E川は中学生の自分も高校生の自分も、休憩時間の女子の会話に居心地の悪い思いをしていたことを思い出した。あの頃の女子たちの暴力的な会話といったらなかった。それに比べたら、何がどう変わったのかはわからんが、今はまだましだ。

「俺さー、ランチで「スープ付き」って書いてあって、実際注文したらみそ汁が出てくるのって絶対ちがうと思う。反則だよな、あれ」

「そうすか？　みそ汁でもスープでも同じじゃないですか」

「おまえ、それ、本気で言ってる？　それ、不感症だよ、不感症。心の不感症」

「なんすか、それ」

外に出ていたL川とH川が新しくたばこのにおいをワイシャツにまとって四階のオフィスに戻ってきた。たばこのにおいがカップラーメンやテイクアウトのカレーのにおいと混ざり合い、とんでもないカオスが生まれていた。

午後の始業チャイムが鳴った。皆慌ただしく自分のデスクに戻っていく。これじゃますます学生時代と同じじゃないか。E川は力強い既視感に襲《おそ》われながら、空になった弁当箱を息子のいらなくなったバンダナでぎゅっとしばった。そういやこの弁当箱も息子がいらなくなったやつだった。戦隊ヒーローの青い顔が白いバンダナから透けて見えた。

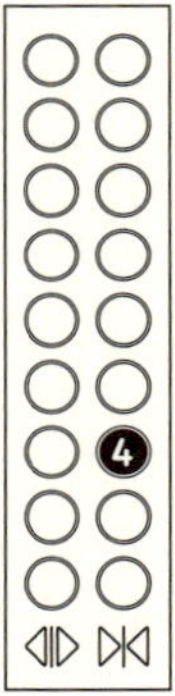

今日の女子トイレはうさぎ小屋みたいなにおいがする。小学生の頃よく知っていたにおいだ。しなびた菜っ葉と土くれと動物のにおいが奏《かな》でるハーモニー。それが今女

子トイレで再現されている。懐かしささえ覚えながら鏡三枚分の化粧カウンターの下にある白い棚の戸をひくと、キャスキッドソンのポーチに手を伸ばす。その時から少しおかしな感じがした。棚に立てかけていたはずのポーチが横に倒れていた。正社員には鍵付きのトイレロッカーが割り当てられるが、多くいる派遣社員には割り当てられず、さりとてポーチをその時その時いちいち持って移動するには男性社員の目もあり憚《はばか》られる。そんなロッカージプシーたちがたどり着くのが、洗面台の反対側に設置された化粧スペースの下にある誰にも所有権がない白い棚だ。まあ、所有権は会社にあるが。あれっと思って、トイレの個室に入る前に小花柄のポーチを開けてみると、おかしな感じの感じはすぐに具現化した。ナプキンと一緒に入れていたポールアンドジョーのリップがなくなっているのだ。C川はこのポーチにリップを入れていなかった可能性に思いを馳《は》せたが、朝自分のオフィスに入る前にまず女子トイレのこの棚にポーチを仕込み、ついでに化粧を直し、リップを付け直した後、ポーチにリップを入れていた方がトイレに来たときまたリップも付け直せて便利だと思ってポーチをもう一度手にとり、その中にリップを突っ込んだ自分の意識の流れは残念ながらはっきりしていた。

まじかこれ。ただでさえ生理中でテンション低いのに、まじかこれ。うさぎ小屋みたいだと人ごとのように思ったにおいが、C川に絡みついた。一瞬で女子トイレが何か禍々しい場所へと変貌したようだった。ポールアンドジョーのリップがなくなっているということがまずショックだったし、楽天で四〇％オフだったとはいえ買ったばっかだったし、それにリップがなくなっているということは、誰かがポーチを開けたということだし、誰かが自分の生理用品のポーチをわざわざ開けて、わざわざリップだけとったということも気持ち悪かった。

これは意図的なものか、それとも無差別テロか。C川はトイレで腕組みをした。

朝、C川がこの棚にポーチを収めた時、トイレにはほかに二人いた。毎朝仕上げに龍に目を描きいれる絵師ぐらいの入魂ぶりでアイメイクを直している人と、C川が心の中で「無印さん」と秘かに名前を付けている人だった。二人とも同じフロアだけど部署が違うから今まですれ違ったことがあるくらいの二人で、それこそトイレでたまに一緒になるくらいの関係でしかない。名前さえわからない。意図的であるはずがなかった。それにその後どれだけの女の人がトイレに出入りしたかを考えると、答えが出るはずもなく、リップが返ってくるはずもなかった。ゴミ箱を軽くのぞいてみたりした後、ゴミ箱にあってもショックだけど、C川はあきらめてオフィスに戻った。

入室したすぐのところで、C川は思わず立ち止まった。だだっ広いオフィスには数えきれないくらいの女の人が働いていた。この中に私のリップを盗んだ犯人がいる。そう思っても全然実感が湧かなかった。謎を究明したいとも思わなかった。誰かに打ち明けたいとも思わなかった。ただ心細かった。カオンのレースのスカートの下、薄いお腹に空気が触れて心もとなかった。

C川は気持ちを奮《ふる》い立《た》たせると、腕を振り、大股《おおまた》で自分の席へと戻った。ピッピのパンプスを軽快にかんかん鳴らしながら歩きたいところだったが、床に隙《すき》なく敷き詰められたタイルカーペットにすべて吸収された。C川はデスクに戻ると間髪いれずにデスクの下に突っ込んであったケイトスペードのバッグを開け、これまたケイトスペードの化粧ポーチを開けた。途中で気分が変わった時のために色味の違うナーズのリップを入れてきておいてよかった。マックの限定パッケージのグロスもあるし。かわいいパッケージを見ていたら、C川にまとわりついていたうさぎ小屋のにおいが霧散《むさん》していった。好きなスカートに好きな靴に好きなバッグに好きなポーチに好きなリップ。大丈夫。私は守られている。C川は働こうと思った。働くぞ私は。そのために私はここにいる。C川はリターンキーを押すと、スリープ画面を蹴散《けち》らした。

毎度レズビアン会議の次の日は気分が悪かった。

B山は給湯室で淹《い》れたコーヒーを一口飲むと、ため息をついた。D山さんごめんなさい。B山は向かいの席にいるD山に心の中で謝った。D山は、真剣な顔でタンブラーの蓋をぐりぐり回してはずすと、多分うまい具合に中身が出てこなかったんだろう、そのまま中身を飲み、熱かったらしく、顔をしかめた。B山はD山をいいなと思った。そうなのだ。この前も給湯室で、こっちにろくろく気も留めず、真剣な顔でタンブラーの蓋を閉めているD山さんを自分はいいなと思ったのだ。これが正解ですよね、と皆が暗黙《あんもく》の了解で定めたようなやりとりをする気がない、特に女の人によくあるような、はいはい、こういう会話でしょ、こういう会話が欲しいんでしょ、と差し出してくれようとする無駄なサービス精神がない、一オクターブ上げてくれる気が毛頭ない、その姿勢がいいなと思ったのだ。オフィスで誰かと話しているのを聞いても、業務以外は、必要最低限なことしか言わない感じもよかった。一人で問題なさそうなところがよかった。休憩時間も、いつも真面目な顔をしてブックカバーのかかった本を読んでいた。

それなのに昨日のレズビアン会議での自分はどうだ。B山は自分の身を守るために、たかが飲み会という名のレズビアン会議であっても、その度に同僚の女性たちを生《い》け贄《にえ》に差し出しているような気分だった。だいたいレズビアンだったら何だというのだ。それの何が悪い。何がどうなってどうだからどうだっていうんだ。めぐりめぐってなんかおまえらに関係すんのか。しないだろ。三べんでんぐり返って側転三回決めても関係ないだろ。それをなぜ自分はA山に言えないんだろう。レズビアン会議なんてやめて、普通に飲んだらいいじゃないか、天気の話でもしながらさ。楽しく天気の話しようぜ。簡単なことだった。A山だって悪いやつじゃない。ぜんぜん悪いやつじゃない。なのに俺はいまだに何に怯《おび》えているんだろう。

「あいつ、実はゲイじゃね、ほら、絶対女の話しないじゃん」
「ゲッ、言われてみたらそんな感じするよな、男っぽくないっていうか」
「うわっ、狙われないように気を付けよ」
「誰もおまえのことなんて狙わねえよ」

B山は、今までずっとそう言われがちだった。そう言われながら生きてきた。

そうですかそうですか、男っぽくないですか。自分たちと一緒になって女の話をしない男は皆ゲイですか。女が好きでも、女の話をしない男がいたらおかしいですか。自分たちにやさしくない女は皆レズビアンですか。ふざけんな。ふざけんな。

B山はいつも腹が立っていた。こいつらはなんでいつも何の疑問もなく自分たちが普通だと、自分たちがデフォルトだと信じ込めているのか。ただの脈々と続いてきた空気でしかないものを分厚い百科事典でもあるかのように鵜呑《うの》みにしていられるのか。ありもしない辞書を信じていられるのか。しかし自分たちが世界標準だと思っているやつに何を言っても無駄なことは火を見るより明らかで、それがさらに嫌になった。この世界、居心地が悪すぎる。馬鹿みたいにつるんで女の話をしたくないのは、人の噂をしたくないのは、それはB山のただの性格だった。それ以上でもそれ以下でもなかった。だけど彼らはほっておいてくれない。だからB山はいつも祈っていた。ほっといてくれ。俺のことをほっといてくれ。ほっておいてほしい人たちをほっといてくれ。

しかし彼らは意図が不明なほどほっといてくれないのだ。B山がいくら年をとっても、どこに行っても。彼らから見て道をはずれている、おかしい、と感じた人を見つけると、彼らは黙ってはいられない。そのだらしないお口を閉じていられない。

光明《こうみょう》が射したのは、B山がいい加減あきらめた時だった。

その日、B山は面倒くさくなり、少年誌の巻頭にあるグラビアページで笑っている五、六人の女の子の中から一人を指差した。あの時の彼らの嬉しげな様子は特筆に値《あたい》する。なんだ、おまえもこっち側だったのか。そういう全員分の安堵《あんど》がB山に押し寄せてきた。彼らはB山の肩を親しげに叩いた。これじゃ踏み絵だ。B山はげんなりした。だけどB山はその時学んだ。彼らに抵抗しても無駄だ。こっちが何を言っても、何をしても、彼らは自分たちのおつむに合わせて話をねじまげてしまう。だけど合わせるとほっといてくれる。だったらさっさと合わせた方が無難だ。だからB山はそれからそうした。そうすることにした。

これでいいの？

B山はいつも拍子抜《ひょうしぬ》けしてしまう。こんな簡単でいいのか？　こんなに適当に心なく合わせているだけなのに彼らは馬鹿みたいに安心するのだ。彼らの仲間に入れてくれるのだ。なんで？　これまでの俺と今の俺少しも変わってないぜ。いや、変わった。あいつ、ゲイじゃねえの。あの女、レズだな。そうやって、相手に違和感を抱かせないために、その場をやり過ごすために、自分を守るために同級生を、同僚を生け贄に捧《ささ》げるようになった自分は、確実にそれまでの自分を裏切った。

「なあなあ、B山、あれやろうぜ、あれ。恒例のあれやろうぜ」A山がB山の隣の席にどかっと座ると、つるつるした冊子を開く。新年度のはじめに配られる新入社員の顔写真とプロフィール一覧が載った社内報だ。

「おお、あれか」B山はにやっと笑ってみせた。あーあ、また、あれの季節か。B山はさっさと観念した。いや、もう、観念でもない。何でもない。「制限時間一分だからな、ほら、ちゃんと見ろよ」

「せえの」一分後、二人の息ばっちりですとばかりに声を合わせると、B山はリクルートスーツを着た陰気な写真の並びの中から、これまで培《つちか》った経験から、A山に怪しまれない、そしてA山とかぶらないはずの女の子を選ぶと、指差した。うあー、やっぱり、そうか。A山が結果を見て、ほかに楽しいことないのかよと心の中で突っ込むことさえバカバカしくなるくらいはしゃいだ声をあげる。

「やっぱ、そうか、やっぱりな、さすがおまえはわかってんなー」

やっぱり、ってなんだよ。B山は心の中で苦笑した。あの頃と変わらない。これじゃ中学時代の、高校時代の、学生時代の、休憩時間とぜんぜん変わらない。こんなにみんな同じだと思わなかった。

こんなにみんな同じだと思わなかった。

やっぱり、ってなんだよ。D山は心の中で苦笑した。あの頃と変わらない。これじゃ中学時代の、高校時代の、学生時代の、休憩時間とぜんぜん変わらない。

「やっぱりな。俺の目に狂いはなかった」

「おまえの方こそ趣味変わんねえな。ああっ、でもこの子配属先関西だぞ、ざんねーん」

自分の席の周りにさっさとシールドをかけたので、目の前の二人の会話は、D山の意識から遠ざかった。休憩時間を人の会話に煩《わずら》わされて過ごすなんて、特にこういうしょうもない会話は、耳に入れる価値がない。彼らの声は聖域である私のデスクを脅《おびや》かすことはできない。すべては遠国の出来事だ。D山は読みかけの本のページをさくっと開いた。

自分のデスクといいながら、D山は、毎朝、オフィスのドアを開ける瞬間、本当にそこに私の席はあるんだろうかと考えてしまう。D山は、毎朝、エレベーターホールでエレベーターを待ち、一階まで下りてきたエレベーターにほかの社員たちとともにぎゅうぎゅうと乗り込み、手を伸ばしててんでに押されて光っているボタンの中から七階のボタンを押す。七階のボタンが光る。エレベーターが上昇をはじめる。押されたボタンの階でエレベーターが止まる。自分の階に着いた人たちがばらばらと下りていく。七階までそれを何度か繰り返す。見えないけど、今自分の乗っているエレベーターの横で、また向かい側で、同じようにほかの三台のエレベーターが上昇したり下降したりしている。そのエレベーターの中には、同じように、自分の目的階にたどり着こうとしている人たちが詰まっている。七階に到着したエレベーターから、ほかの数人とともに下りる。オフィスのドアを開ける。その瞬間、今までの毎日は、全部幻だったんじゃないかと思う。ドアを開けると、会ったこともない人たちがオフィスにひしめいていて、D山の席には知らない誰かが座って、D山の仕事を代わりにやっている。D山は、オフィスのドアを開けるその一瞬、知らない人ばかりの部屋に宙ぶらりんに浮かんでいる自分を見つめる。だけど壁にぺったりと設置された装置に、何という名称なのかは知らないが（認証機？）、認証させたIDカードはエラーも起こさずちゃんとドアは開くし、オフィスに入れば入ったで、そこにちゃんと自分の席はあるのだ。まだ誰も座っていない自分の席が。そのことにD山は毎朝拍子抜けしてしまう。こんなに簡単でいいのかな。だって私こんなにここにいないのに。

仕事は別にできた。そうだ、これもこんなに簡単でいいのかなとD山が思ったことだった。

社会人になりたての頃、D山は仕事が簡単でびっくりしたのだ。これにはそれまでの仕事のイメージが覆《くつがえ》った。幼少期から大学卒業まで、D山は、仕事は、その人にしかできない特別なもの、すごく大人っぽいものだと思っていたのだ。トレンディドラマに出てくる恋愛みたいに大人っぽいもの。

ぜんぜん違った。仕事は誰にでもできることだった。ちょっと覚えれば、慣れれば、ちょっと突き詰めれば、仕事なんて造作なかった。ちょっと真面目になればいいだけだった。続ける意志をほんのちょっと持てばよかった。

派遣のD山はこれまで何度か転職したが、今の職場も転職してまだ間もないが、どの職場にもいる、能力的にはやれないわけではないのに、そのちょっとをやらない人たちがD山はだから不思議だった。彼らは、どれだけ注意されても、仕事ができないと陰口を叩かれても、そういうムードを出されてもやらないのだ。彼らはやらない、細かく見ない、気が付かない、それは自分のせいじゃない、この仕事の業務内容、この会社のせい、と決めていた。その癖彼らはやりがいを求めていた。やりがいがある違う場所を夢見ていた。ここではない場所。夢を見ている彼らの仕事ぶりは、部屋の四隅を残してかける掃除機みたいなもので、四隅は、真面目にやっている人たちに残されていった。やりがいを求めることと、今目の前にある仕事を真面目にやらないことに、何のつながりがあるのかさっぱりわからなかったが、そこは別に気にならないらしかった。ある日も次の日もなんだかんだ結局ずっと居座る者もいたが、彼らの多くは、ある日会社から居なくなった。やりがいを求めて。自分らしさを探して。

しかしD山は自信を持って言えた。彼らより、誰より、私が一番ここにいないと。

どうも自分はうまくやれない。この世界は居具合が悪い。理由なんて別にない。もう幼稚園からわかっていた。友達の、同級生の、周りにいる人たちの、話している内容が理解できない、意味がわからない、面白いと思えない。なぜどうでもいいことをいちいちずっとしゃべっているのか。それに合わせるとすごく疲れる。本読んでる方が、映画見てる方が面白いよ。だから学生時代はとにかくずっと地獄だった。こんなに惨めで逃げ場がなくて、これは本当に、冗談じゃなく、バトルロワイヤルだった。

D山を救ってくれたのは、嘘みたいだけど、会社だった。

はじめはまた同じかと思った。ここも同じか。だけどしばらくしてから気が付いた。ここの方がマシだ。仕事さえ真面目にやっていればD山のことをほっておいてくれる。たまに同僚からの干渉《かんしょう》があっても、それまでのような残酷なほどのしつこさはない。

同じように必要以上のコミュニケーションをとらない人たちが点在していることもD山はうれしかった。大人になるっていいなと思った。

　相変わらず人が苦手だった。相も変わらず彼らの話す言葉は面白くなかった。時に暴力みたいに感じられた。D山には理解できない文法だった。どこがコミュニケーションツールなのかわからなかった。だけど逃げようがなかった。D山はいいかげん学んでいた。私は逃げられない。同じことの繰り返し。

　あの感じだ。電車の中で、足を馬鹿みたいに広げて座ってこっちに太ももががんがん当たっているのに気が付きもしない不感症で図体のでかいスーツの男がようやく立ち上がって電車を降りたからほっとしても、またどうせ同じような不感症で図体のでかいスーツの男が隣に座るからずっと窮屈《きゅうくつ》なあの感じ。結局その繰り返し。

　D山はよく想像した。部署が違って、メンバーが違ったって、何千人と人がいたって、どの階でも同じようなことが話されていて、行われている。構成要素だいたい同じ。もっと引いたら、この街の中、会社が何百あったって、上記のごとくだいたい同じ。引けば引くほど、D山の気持ちは落ち着いていく。やってやろうじゃんと思う。どの職場に行っても同じような男たち、女たちばかりなら、逃げることができないなら、物理的に遠くに行くことができないなら、頭の中だけでもしっかり距離を取るしかない。

D山はこの能力を鍛《きた》えた。社会生活一五年。この能力を完成に近付けるため、日々切磋《せっさ》琢磨《たくま》し、鍛え上げた。今ではもうほとんど何もD山のシールドを越えて侵食してくることはない。どうでもいい日常会話はすべて脳内で好きなように変換すればいい。もろもろ不調で築いた防御壁が崩れそうになる時があっても、強い味方がついていた。

D山は今読んでいるコージーミステリの次のページを繰った。

コージーミステリは、能力を鍛える過程でいろいろ試した結果、ミステリ好きのD山がたどり着いた最強の武器だった。ミステリが好きだった。はじめは何もないように見えたとしても、実際何も秘密がない、含みがない人間などこの世に一人もいないのだと、学生生活で、日常生活で、社会生活で、人を表面でしか判断しない、自分たちも表面しかないように見える人々に苦しんでいたD山に教えてくれた。大丈夫、絶対何かある。あの人たちにもきっと何かある。表面しかない人なんてこの世にいない。

そしてコージーミステリには、これまでの人生でD山が大人げないほど読《よ》み漁《あさ》った海外ミステリに出てくる、謎とは別の部分でD山の心を打ちまくった要素が抽出され、濃く煮出されていた。アフタヌーンティー。クロテッドクリームとジャムを添えたスコーン。主人公が経営する小さなお店。小花柄の壁紙。銀器。朝食付きホテル。田舎町。主人公といい感じになるハンサムな隣人。かりかりベーコンと卵料理。コージーミステリを馬鹿にしている奴らは馬鹿だとD山は思っていた。ゆっくり時間がある時に読んだ方がいい小説もあるけど、集中して読みたい小説もあるけど、コージーミステリは、ゼリーのプールにダイブインするみたいに、一瞬でその世界に沈めた。会社だろうが電車の中だろうが即効だった。これがないと会社でやっていけない。だからD山は、コージーミステリにシリーズがいっぱいあることに、人気のシリーズは結構な刊数があることに、感謝していた。この薬が切れたら、製造中止になったら、終わりだ。終わりすぎて泣く。泣きながら会社を辞める。尼寺《あまでら》に入る。修道院に入って、それから母を亡くした子どもが七人いる大佐のお屋敷に住み込みの家庭教師として雇《やと》われ、そこで楽しく歌を歌って暮らす。会社には二度と戻らない。そうなったら会社でなんか働いていられない。それぐらいの気持ちで無理。

　今日は、コージーミステリの作家の中でも特に好きなローラ・チャイルズの新シリーズを読んでいた。もう効果が実証されている、信頼のおける新薬のようなものだった。四十代、五十代の三人の南部女たちが集って、卵料理のおいしいカフェを営んでいた。登場人物たちの年齢もコージーミステリの魅力の一つだった。そこにはアラフォーもお局《つぼね》も売れ残ったクリスマスケーキも登場しなかった。彼女たちはただ自分たちの能力を活かし、ただ働いていた。ディズニーランドよりも強力なファンタジー。それがコージーミステリだった。

「それにしても女いねえよな」

「いねえな女。どこ行けばいるんだろうなー女」

「そろそろまた、女を探す旅にでなければなりませんな、我々」

「そうですな、コンパという旅路にな」

自分は女じゃないんだろうか。Ｄ山はそう思わなかった。なんだ、おまえら、女、女って、伝説の生き物でも探してるのかよ。グリフィンですか、女は。何が旅だ。勇者でもないくせに。選ばれし者じゃないくせに。Ｄ山はそんなことも思わなかった。まず、聞こえてなかった。

こんなにみんな同じだと思わなかった。
Ａ山はエレベーターに軽快に乗り込むと、一階のボタンを押した。エレベーターが下降をはじめた。今日は晴れているが、雨の日も、風の日も、嵐の日だって、会社のすぐ外にある軽く仕切られたスペースでタバコを吸わねばならない。それがいつから

か喫煙者の宿命となった。

　A山はうれしかった。もう一〇年以上も前、入社以前のA山は会社員になんかなったらすべて失うと思っていた。スーツに袖《そで》を通したらその瞬間終わりだ。俺は夢も勇気も希望も全部失ってしまう。夢と勇気と希望は何よりも大事なものだった。それはA山が少年の頃からずっとずっと読み続けてきた少年マンガ雑誌のメインキャラクターたちが、サブキャラクターたちが、繰り返し立ち代わり、A山に教えてくれたものだ。

　落ちこぼれだって必死で努力すりゃエリートを超えることもあるかもよ。力の差を言ってるんじゃない。目標に向かう意気込みの違いを言ってるんだ。発想のスケールで負けた！　君が球を追うのではない。球が君を追うのだ。君は強くなる。ボクのパンチがはじめて当たった！　目標だけどゴールじゃない。道はずっと続いている。立って歩け。前へ進め。あんたには立派な足がついてるじゃないか。あきらめたらそこで試合終了ですよ。ほとんど可能性ゼロに近いじゃないか！　でもやらなけりゃ、確実なゼロだ！　人間の素晴らしさは勇気の素晴らしさ!!　お前はここで必ず食い止める。どうせ死ぬなら戦って死ぬ。おれを変えたのはきさまが教えた執念だ!!　大切なのはあきらめねェど根性だ。そして立つ、立って戦う！　この星の一等賞になりたいの、俺はっ!!　海賊王に俺はなる！　その夢が叶ったら結婚してください！

だからA山も夢を持った。希望を持った。勇気を使うべき場所を探した。

A山は大学に入ってすぐ軽音サークルに入り、そこで出会った仲間たちとバンドを結成した。皆　志《こころざし》高く、ともにプロを目指そうと誓いあった。これで生きていくとA山は決めていた。網羅《もうら》したと思った。夢も勇気も希望も。

大学三年の時、父が死んだ。突然死んでしまった。一介《いっかい》のサラリーマンだった父がいなくなって、これから家族の財政がどうなっていくかはあきらかだった。母がいた。妹がいた。A山はバンド仲間にあやまった。ごめん、俺、あきらめる。ここで試合終了でいい。

A山は就職活動をはじめた。もともと体格もでかく、声もでかく、はきはきしたA山は、印象がよかった。ちゃんと会社に受かった。会社に受かって、A山はちゃんとうれしかった。バンド仲間たちは、新しいメンバーを補充して、活動を続けていた。A山はさみしかったけど、もう関係ないと思った。あの世界はもう俺には関係ない。

A山は入社した。配属されたオフィスに足を踏み入れた。オフィスにはA山のデスクが用意されていた。自分のデスクにA山はぎこちなく座った。業務を学びはじめた。はじめは何もできなかった。足を踏み入れたばかりのこの新しい世界の文法を、A山は目をまん丸くして眺めた。A山にはルールがぜんぜんわからなかった。失敗しては先輩たちにめちゃくちゃ怒られた。びっくりするくらい怒られた。

そういう先輩たちはというとすごかった。それぞれ自分の担当分野に精通していた。担当分野では無敵だった。それにあのよどみのない電話対応。こなれた様子で完璧な敬語を使いこなす姿。かっこよかった。敬語を自由に操《あやつ》れるのってかっこいい。英語のほかにフランス語を話せるくらいのかっこよさだ。自分のたどたどしい、板についていない、尊敬語も謙譲語もごっちゃになった敬語とはぜんぜん違った。

これはこうこうこういうかたちになっておりまして、こちらはこういうかたちになっております。そうですね、そういうかたちになります。ええ、ええ、そういうかたちでおねがいします。そのかたちです、そのかたち。

A山の口からは不格好な図形がぼろぼろこぼれ落ちた。昔読んでもらった童話に出てくる、しゃべる度に宝石がぼろぼろ口からこぼれる美しい娘とはえらい違い。A山は新しい世界に自分の体をフィットさせようと、新しい空気の中でもがいた。

それに気が付いた時、世界が一瞬止まった。オフィスの喧噪《けんそう》がぴたっと静止した。

ちょっと待て。これはスタンドじゃないか。A山はびっくりした。広いオフィスを見回してもう一度思った。これはスタンドだ。はじめて読んだ日に衝撃を受けて以来、それからずっと読み続けている大好きなマンガ「ジョジョの奇妙な冒険」に出てくるスタンド。メインキャラクターたち、サブキャラクターたちがそれぞれ持っている能力であり得意技の名前だ。A山はとんでもないことに気が付いたと思った。

会社員は皆スタンドを持っている。それぞれ担当分野、得意分野、つまり得意技を持っている。それぞれスタンドを持っている。すっごく敬語がうまいのも、名刺を差し出すタイミングの絶妙さも、もちろんスタンドだ。そして、この技は、日々の精進で高めていくことができる。広瀬康一のエコーズのように。やばい、俺、試合終了じゃない。A山の胸が震えた。夢も希望もここにあった。勇気を発揮する場所もここだった。A山は思った。俺はここで俺のスタンドを成長させる。絶対負けない。へこたれない。俺はここで強くなる。いつかザ・ワールドが使えるくらい、クレイジー・ダイヤモンドが使えるくらいになる。見とけ。誰にでもなくA山は思った。見とけ、おまえら。

オフィスが再び、動きはじめた。鳴り出した外線のワンコールめにA山は力強く飛びついた。

それから一〇年以上経《た》った。まだザ・ワールドは使えないが、正直どうなったらザ・ワールドを使えていることになるのか自分でもよくわからなかったが、とりあえずまだだと思った。俺はまだザ・ワールドを習得していない。でも一〇年前の自分より今の自分の方がかっこいい自信がA山にはあった。太くなった首とともに、でてきた腹とともに、強くなった自信があった。この世界で、この会社の中で、A山は勇者だった。首からさげているIDカードも、A山が選ばれし者である証《あかし》だった。だって、ほら、これがないと扉が開かないんだぜ。

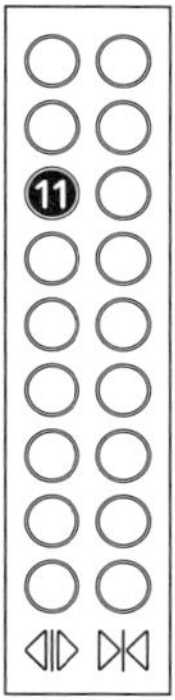

今日もバスは時間通りに来なかった。雨が降っているから尚更《なおさら》来ない。雨の時ほど早く来て欲しいのに皮肉なものだ。Ｈ村は顔を上に向けると、ビニール傘越しに見える空を眺めた。うすい灰色をしていた。ところどころ、少し濃い灰色をしているのは、雲だった。うすい雲から、うすい灰色の空が透けて見えた。

　視線を前に戻すと、再び川が目に入る。雨で水量が増している。Ｈ村の背中側、道路を挟んだ川沿いにはマンションが建っていて、三階にはＨ村の住んでいる部屋がある。もしＨ村が今ベランダにいたら、マンションに背中を向けて川を見つめているＨ村が見えるはずだ。自分の背中を見ながら、ベランダでタバコを吸いたいなとＨ村は思った。

　昔、妻はよくベランダからＨ村の背中を見ていた。Ｈ村が川ばかり見ていると、スーツのポケットに突っ込んでいる携帯電話に「こっちを見て」とメールが来た。振り返ると、三階のベランダで、妻が笑いながら手を振っていた。H村も手を振り返した。バスが到着し、H村の視界から妻が消えた。バスに乗り込むと、窓を通して、もう一度、妻の姿が見える。やっぱり妻はこっちを見て手を振っていた。会社から帰宅すると、あなたは子どものような熱心さで川を見ている、両手で鉄の柵をつかんで、まるで動物園のライオンに見とれている遠足の幼稚園児みたい、と朝の出来事がついさっきの出来事であるかのように、妻は夕食の席で可笑《おか》しそうに笑う。

今、振り返っても、妻がベランダにいないことは見ないでもわかっていた。「こっちを見て」とメールが来ることもない。まあ、そういうもんだろう。そんなことだろうと思ってた。

川が好きだった。川沿いに住みたかった。だからこのマンションをローンで買った。朝起きて、窓を開け、目の前に川が広がっていると、抜けた世界が広がっていると、自分の世界は手詰まりじゃない、どこかスコーンと抜けていることが確認できた。抜けがある。それは大事なことだった。譲れないポイントだと、マンションを買う段階で、どうでもいいと顔に書いてある妻にも力説した。

今もH村は自分の世界にある抜けを確認中だった。ベランダにいるよりも川に近い位置で。高度は損なわれるが、いつもよりも荒々しい、急にグレた同級生みたいな川の流れを間近で見るのは、悪くなかった。雨の日の、ぼわあと灰色ににじんだ世界を見るのもまったく悪くなかった。H村は自分が手を振られていることに気が付いた。川の中程から、誰かが手を振っている。誰か？　誰かじゃなさそうだった。その何かは灰色ににじんだ世界でもわかるくらい、派手な色をしていた。派手というか虹色だった。生き物であるのは確かだった。ぎょろぎょろした目、やけに小さな鼻、虹色の鱗《うろこ》に覆われている、違和感の塊だった。流れてきた鯉のぼりが木の枝にでも引っかかっているのかと思ったが、鯉のぼりに手はない。鯉のぼりは意志をもって、こっちに手を振ってこない。そいつは水かきのある手を広げてさらにH村に手を振ってくる。H村は同じようにバスを待っている人たちを慌てて見回したが、この雨の中楽しげに川を眺めていたのはH村一人で、皆、川に背を向け、自分の足下を見つめたりバスの来る方向を呪うように見つめたり携帯電話の画面を見つめたりしていた。一人、母親らしい女性に連れられた黄色い長靴を履いた男の子もH村と同じように川を見ていたようだったが、その男の子は別段驚いている様子もなく、H村と目が合っても、今現在余計な気持ちはボクまったくないです、落ち着いてます、という顔をしていた。俺にだけ見えるのか。H村の心の声が聞こえたかのように、謎の生き物は、次のアクションに出た。眉間《みけん》にしわを寄せ、口をへの字にゆがめると、H村をまっすぐ指差し、そう、おまえだよ、おまえ、というジェスチャーをしてきた。なんかアメリカナイズされてんな。なんだかわからないがH村はそう思った。昔社会の時間に歴史便覧で見た、アメリカの徴兵《ちょうへい》ポスターを思い出したせいかもしれない。蝶ネクタイにシルクハットの、もじゃもじゃまゆげの男が不気味だと思っていた。俺はどうしたらいいんだろう。「We Can Do It!」のジェスチャーでも返せばいいのか。これも歴史便覧で見たやつだ。レインボーカラーの生き物とH村は、向かい合ったまま、見つめ合ったまま、そのまま漠然と時間が流れた。

静寂を破るように生き物の口が開いた。何を言うんだろう。俺に何を伝えたいんだろう。H村の目が見開き、体が前のめりになった。

バスが来た。バスを待つ人の列が動き出し、H村は少し押された。えっ、どうしよう。H村は後ろ髪をひかれながらバスに乗り込んだ。バスの窓から見たら、虹色の生き物は、また手を振っていた。バスが見えなくなるまで手を振っていた。H村に手を振っていた。今自分に起こった出来事を咀嚼《そしゃく》できないまま、H村はバスのつり革を力なくにぎっていた。H村がぼんやりしているうちに、バスは駅のターミナルに滑り込んだ。

目の前に座っていたスーツの大柄の男性が立ち上がったので、H村は汗ばんだ手をつり革からはなすと、やわらかい色合いの服を着た女性の横に体をすべり込ませた。肩と肩が密着する。ラッシュ時の電車って、なんでこんなに容赦《ようしゃ》がないんだろうか。

女性の体が少し強《こわ》ばるのがわかった。しかし自分にはどうすることもできない。俺だってどうにかして欲しい。そのまま目を閉じる。さっきのバス停の出来事が脳裏に浮かんだが、やっぱり何なのかよくわからなかった。自分はとんでもないものを見たのかもしれないと思いつつも、それもよくわからなかった。

改札を抜け、動く歩道の上をさらに歩く右側の列に加わって早足で歩く。空港への直通バスが出るターミナルがあるので、この駅にはこれがある。地上に出る階段を上る。毎朝すごい人だ。地上に出ると、目の前にもう会社の灰色の壁が見える。雨は傘が必要ないくらい小雨になっていた。コンビニに寄る人の群れと、チェーンのコーヒーショップに寄る人の群れの間、そのまま会社に吸い込まれる群れの一部になって、信号が変わるのを待つ。ここでIDカードをかばんから出して、青い紐《ひも》を首からさげる。そういえば、会社のすぐ近くに川があることは、毎年大きな花火大会が催《もよお》される大きな川があることは知っていたが、足を向けたことはなかった。この会社に通ってもう長いこと経つが、よく考えたら、まだ一度も見たことがない。すぐ近くなのに。その大きな川にも、さっきのあいつはいるだろうか。信号を渡ると、ポケットが振動する。携帯電話を取り出すと、ようやく起きたらしい妻からメールが来ていた。

「帰り牛乳買ってきて。低脂肪のやつ」

そんなことだろうと思った。可笑しくなりながら、会社に入り、エレベーター待ちの列に加わる。あいつ、あいつはなんで俺に手を振ってたんだろう。俺にしか見えなかったんだよな、あいつ。なんていう生き物なんだろう、すごい色をしていた。二番目に来たエレベーターに乗り込む。エレベーターが上昇する。あの固そうな鱗の感じ、図鑑で見たことがある、ジュラシックパークで見たことがある、恐竜を彷彿《ほうふつ》とさせるものがある。恐竜が本当は極彩色をしていたという説を裏付ける何かを俺は見たんじゃないか。でも雰囲気的には河童《かっぱ》が一番近いんだよな。自分のオフィスがある一一階のフロアに降り立つと、IDカードでドアを開け、自分のデスクへ向かう。なんで俺はあいつを見たんだろう。これには何か意味があるのか。お告《つ》げ的な何かが。俺は実は選ばれし者なのか。なぜ俺が。すれ違いざまにE村から声がかかる。

「おう、あれ、どうしたの、ぼんやりして。なんかあったのか？」

一瞬ここがどこかわからなくなった。けれどすぐによく知った朝のオフィスの喧噪《けんそう》が体に流れこんできた。H村は覚醒《かくせい》した。あっ、そうだ、俺、会社員だ、ただの会社員。

「えっ、いや、何もないよ。いつもの朝、いつもと同じ朝だよ」

H村は笑いながら、イスを引き、座った。

そう、それで、こんなにみんな同じでうれしかったのだ、A村は。話の続きを忘れるところだった。軽い運動がてらA村は、一一階から軽やかに階段を下りはじめた。

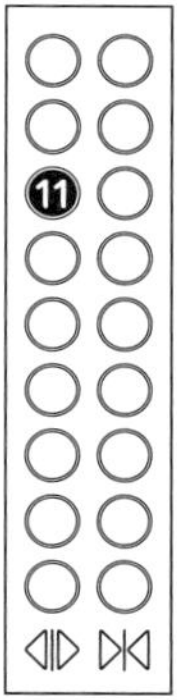

A村はうれしかった。夢も希望もここにあった。この世界で、この会社の中で、A村は勇者だった。そこまではよかった。だけどどうしても克服できない弱点がある勇者だった。

「有給とってても実家帰るだけですよ。両親がさみしがってて。父なんか週末ごとに電話してくるんですよ。お母さん、あっ、母より心配性で」

「あはは、お母さんでいいよ、お母さんで」

「ごめんなさい、ついつい出ちゃった。子どもっぽいですね」

「かわいいから許す」

さっき言いながらA村は体を硬くした。自分で話を振っておきながらなんだが、これだけはどれだけ防御しても駄目だった。どれだけ時が経っても、これぱっかりはA村が身に纏《まと》った鎧《よろい》をいとも容易《たやす》く貫いて、腹のあたりを、首の後ろのあたりを、一瞬で冷やす。冷えながら、A村は笑った。バレなければいいと思いながら。弱点がバレないようにA村は笑い、もらった飴玉《あめだま》を必要以上に握りしめ、ゆっくりと自分のデスクへと戻った。その一〇分後、A村は今階段を下降中だ。会社のオアシスである喫煙所に向かって。

父が死んで以来、A村は家族の話が苦手になった。人の輪にいる時は、家族の話にならなければいいと、誰も家族の話なんてしなければいいと祈っていた。両親が揃っている友人が、あっけらかんと家族の話をしはじめると耳を塞《ふさ》ぎたくなった。ピースが揃った人たちの話を聞くと、嫌でも自分の家族のピースが欠けてしまったことに気付かされた。それは残酷な学習だった。誰も家族に関する質問をして来ないで欲しいと思った。しかしそれらのベーシックな質問は少なくないタイミングで飛んできた。そしてA村が答えると、彼らは急に取《と》り繕《つくろ》ったように言うのだ。「早すぎる」と。

そんなこと言わないで欲しかった。こんなにたくさんの人がいて、たくさんの生き死にがあって、人の死に早いも遅いもない。俺の父が死んでしまったことは、おかしいことでも何でもない。そう言って欲しかった。でも誰も言ってくれなかった。

バンドを辞めたのもお金のためだけじゃなかった。急に話が合わなくなったのだ。

その場にいることが、皆の話を聞いているのが、堪《た》え難《がた》くなった。離れたかった。この苦しさを知らない者たちから離れたかった。「もっと年をとれば、一緒に酒を飲んだり、新しい関係が生まれるのに、残念だね」「えっ、お金なくなるじゃん、バンドどうすんの」あー、俺、おまえたちのこと、大嫌いだ。一人残らず嫌いだ。

しかし同じような苦しさを知っている人だから気が合うというわけでもなかった。彼らの多くは、A村にこう言った。乗り越えなさい、乗り越えないと駄目だよ、と。なぜ乗り越えなくてはいけない？　なぜずっと悲しさの中にいてはいけない？　だってこんなに悲しいのに。どうして無理して何でもないふりをしないといけない？　あなたは乗り越えたのかもしれないが、それはえらいことなのかもしれないが、なぜ俺に同じようにしろと言うんだ。その宗教みたいなまっすぐな目で、その宗教みたいなまっすぐな言葉で、俺を勧誘しないでくれ。俺は乗り越えない。俺は絶対乗り越えない。そんな風にきばらなくても、普通にA村は乗り越えられなかった。毎日同じくらい悲しかった。毎日父は新しく死んだ。

普段小説はあまり読まないのに、なぜその日深沢七郎の「言わなければよかったのに日記」が本屋で目に留まったのかわからない。手に取ったのかわからない。ギター弾きだったり屋台をやったりしながら小説を書いた面白いおっさんだと聞いたことがあったからかもしれない。パラパラとページをめくっていると、その言葉に出会った。

「あの小説がベストセラーになって、親しい人から、「おっかさんが生きていたら」と、よく云われた。ボクはそのたびにソッポを向いてしまうのだ。そうして、わけのわからないような返事をしてしまうのだ。この一番憎らしい言葉を、どうして、みんな、ボクに云うのだろう。どうしてもできないことを、ボクにさせようと苦しめるのだ。
私は、云われるたびに、その人達を残酷な人だと思う」
それは魔法の言葉だった。

父親が死んで以来ずっと入り続けていた力が肩から抜けた。はじめて力が抜けた。これが、A村が誰かに言って欲しかったことだった。長い間友達だと思い込んでいた実際の友人たちよりもずっと、もうこの世にいない、一度もあったことのないおっさんの方がA村の気持ちをわかってくれていた。本ってすげえな、とA村は思った。無理して仲間をつくる必要ないじゃん。心が冷えたまま、友達であり続ける必要なんてない。自分のための言葉がこの世にはある。そのことを知ったら、バンドを辞めるのも、人の輪から離れるのも、少しも怖くなくなった。A村は笑いながら就職活動へと突っ込んでいった。

会社に入り、年をとるほど、周りで死が身近になって、A村は安堵した。もっと年をとればもっと死は身近になる。そうすれば俺はもっと安心できるはずだ。死を悲しまなくてもよくなるくらい死に近付きたい。会社にいると、その流れに乗れているような気がして安心できた。大人になるっていいなと思った。ここがＡ村の居場所だった。

一階まで到達したＡ村は、ＩＤカードをかざしてエントランスを抜けると、見知った顔が混ざった喫煙所に吸い込まれていった。

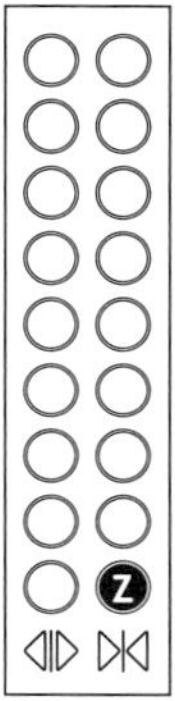

ダサいことをしてしまった。

Ｚはどんよりと思った。デスクの右上にある一番薄い引き出しに、いきなりダサい秘密ができてしまった。クリアファイルがいくつか重ねられている上に、薄いピンクのつるつるした容器の口紅が所在なげに置いてあり、さっきから引き出しを開ける度に、小さくごろごろと動き、その存在感をアピールしていた。もうすっかり午後になるが、朝から今の今まで、恐いもの見たさのように、必要もないのに、Ｚは何度も引き出しを開けて確認してしまった。そしてピンク色の小さな回転を見ては、がっかりした。なんでこんなことをやってしまったんだろう。

前から嫌な女だと思っていた。彼女は私のことなぞ気にしてもいないだろうが、私は知っていた。彼女は私のデスクがどこにあるかも知らないだろうが、私は知っていた。

彼女は私のデスクから七列前に座っていた。彼女の小さな背中を見ながら、私は働いていた。嫌でも彼女が目に入った。男性社員からCちゃん、Cちゃんとちゃん付けで呼ばれている女。なぜちゃん付けで呼ばれているのか皆目見当も付きませんとむしろ困惑した顔のあの女。私なんて頼んでもちゃん付けで呼ばれることなどない。ちゃん付けで呼ばれたいわけでは別にないが、むしろ死んでも呼ばれたくないが、正直彼女に対してご愁傷《しゅうしょう》様ですとさえ思うが、この世には勝手にちゃん付けで呼ばれたり気楽に軽口を叩かれたり親しみを持たれる女と親しみを持たれず決してちゃん付けで呼ばれることのない女がいることをあの女の存在が体現しているようで、目に障《さわ》った。

たまにトイレで一緒になると、横目で上から下まで私の身につけているものを一瞬で確認し、それから興味のなさそうな顔で鏡に向き直ると、あの女は口紅を塗った。全身を鎧のようにかわいさで武装した私よりも若い女。若い女といっても、年齢の若さなどその場の相対的なものでしかないのだから、若いだの年下だの目くじらをたてるのはナンセンスでしかないが、何か腹が立った時に、相手が自分よりも若いと、さらにフレッシュに憤《いきどお》ることができるのはなんであろう。被害妄想かもしれないが、黒、紺、白、灰色しか身につけないと決めている私は、だってその方がいろいろ考えなくていいから楽だから、私に向けられたあの女のレーダーが逸《そ》れる度に、自分がとてつもなくつまらないもののように感じられた。お眼鏡にかないませんでどうもすいません。化粧っけがなくてすいません。男性社員の視線より、男性社員の視線が私の上を通過することなどほとんどないが、彼女の視線の方が私には痛かった。あの女のまっすぐな視線が嫌いだった。

目の前で、彼女が白い棚にポーチを入れて出て行った時、トイレに私一人取り残された時、だから逆に罠だと思った。罠だと思ったのに、そのままその罠に乗っかってしまった。

あの女のポーチを開けた時、まずざらざらした白い包みがいくつか目に入った。あの女にも生理がある。戦国武将みたいなノリで生きているあの女にも。そう思ったら、少しやさしい気持ちになった。おかしいよね、私たち。毎月一週間も自分の下半身から血が流れているのをなんでもないみたいな顔をして、いつもと変わりませんみたいな澄ました顔をしてオフィスで働いている。一回よく考えてみようよ。みてよ。ほら、おおごとだよ。一大事だよ。だってずっと血が出続けてるんだよ?　コピーとったり、電話に出たり、大事な会議に出ながら、同時に血が流れてる。血を流している女がオフィスには点在している。血を流している女は週ごとに変わる。多分オフィスで誰からも血が流れていない日なんて一日だってないだろう。シュールすぎる。オフィス単位で考えた時、会社単位で思い浮かべた時、私、すごくシュールな気持ちになる。なんで私このシュールに巻き込まれてるんだろう。なんで私このシュールの一部なんだろう。意味がわからない。家でだらだらしてるのが血をだらだら流してる時の正しい態度なんじゃないの。その方が確実にシュール度は減るんじゃないの。ねえ、私たち、隠せてるのかな、本当に、ちゃんと隠せてるのかなあ、いろんなこと。なんで隠さないといけないんだろうね。こんな皆こそこそトイレにポーチ隠してさ。なんだろうね、この感じ。連帯感もなく、一体感もなく、ただオフィスで個々に血を流している。

そんなことを思いながら、気が付いたら、あの薄いピンク色をポーチから引き抜いていた。

そのまま手に握りしめてオフィスに戻った。その前に、気持ちが落ち着かなくて、意味なく階段を下ってしまい、二階分下りたところで我に返り、そのままた二階分階段を上がって、ようやくオフィスに戻った。小さなピンク色のプラスティック容器は、Zの手の中にきれいに隠れた。

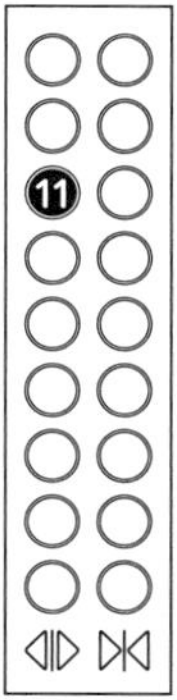

この世に正しいオフィスカジュアルなどない。オフィスカジュアルとは幻想である。

C村が会社に入ってはじめて気が付いた真理だ。入社時は多少周りを気にして、雑誌の特集を熟読し、正しいオフィスカジュアルを体に叩き込もうとした。C村からすれば地味で面白みのない無難な黒いスカートとシェイプされたデザインのレディースシャツ等を買ってみた。人生で一番楽しくない買い物だったが、OLのコスプレだと思えば、楽しく考えられないこともなかった。しかしオフィスですれ違う女子社員を見ているうちに、電車で一緒になる会社帰りの女たちを見ているうちに、これもオフィスカジュアル？　あれもオフィスカジュアル？　と混乱したのちようやく合点がいった。オフィスカジュアルはつまり、まあ、だいたい何でもいいですよ、そこまで無茶しないんだったら、の意味だった。わりとなんでもよかった。母なる大地のように、聖母マリアのように、オフィスカジュアルの懐は深い。だったら遠慮なくそのやわらかい胸に甘えさせて頂きます。そうさせて頂きます。さようならOLコスプレ。私はストッキングをはかずにOLやっていきます。

その日から、C村が着ているブラウスもスカートも靴もぜんぶ、C村一人のためのものだった。誰かのために着ているわけじゃない。これらはすべてC村が働いていくための、いい気持ちで一日過ごすための、保険であり鎧。そしてC村が働く理由だった。

そう、C村は買うために働いていた。買うために仕事が欲しかった。

「やりがい」とか「キャリアアップ」とか「自分らしく働けます」とかどうでもいい。そんなの知るか。テレビや雑誌やネットや電車の中吊《なかづ》りに躍るそれらの言葉たちが片腹痛くて仕方なかった。年中ディズニー気分か。ばかばかしい。そんなのどうでもいいから買わせろ。働いた分買わせろ。私が欲しいケイトスペードのバッグを買えている時点で、好きなものを買えている時点で会社の負け。私の勝ちだ。会社は私のためにある。C村はC村のために会社に存在した。そしてそのC村のために会社は存在していた。その逆では決してなかった。特にぺらぺらのスカートと、C村の好きなブランドの繊細《せんさい》なレースのスカートの違いもわからない男性社員のためじゃ断じてない。

「かわいいから許す」

「お母さんだって。Cちゃん、天然だなあ」

あははと笑いながら自分のデスクへと散っていく男性社員たちの背中をよくわからない気持ちでC村は眺めた。

ちゃん付けで呼ぶな。

C村はお約束のように思った。飽きることなく今日も思った。

天然とか言うな。人のことを天然とか言うやつにろくなやつはいない。そもそも天然だなんて、曖昧《あいまい》な言葉をよく恥ずかしげもなく口に出せるな。適当にそのカテゴリーにぽいぽい放り込んでるだけだろ。一度でいいから、どういう意味なのか、クリアに定義してみてもらえませんかね。そしたら納得するから。多分納得しないけど。

自分が何のタイミングでちゃん付けで呼ばれはじめたのかC村には一つも合点がいっていなかった。距離が近付いた特別な出来事もなく、自然に仲良くなってきたわけでもなく、なんだかわからないが、ある瞬間から、急に男性社員にそう呼ばれはじめた。

気安く呼ぶなと思った。なぜこいつらはこんなに気安いのだろう。C村が適当に言った一言に彼らは可笑しそうに笑う。彼らの一言にC村が憮然《ぶぜん》とした表情をしても、彼らは気が付かない。ふわふわのスカートや淡《あわ》いやわらかい色のブラウスや茶色い髪に目がくらむように、ブロックされるように、彼らは本当のC村を見ない。本当のC村なんてC村にもよくわからないが、とにかく彼らの自分への気安さは謎だった。理由もなくC村のデスクにやってきた。仕方ないので、アメやお菓子をあげて、それとなく追い返すことにした。アメちゃん食べますかと言うと、アメちゃんってかわいいなあとテンションを上げられたが、ちがうねん、関西出身なだけやねん。C村は、アメちゃん、を封印した。どこで足をすくわれるのか、どこがどう彼らにヒットするのかいまいちわからなかったので、とりあえず全部、これ、どうぞ、と言うことにした。

気安く話しかけられない存在になりたかった。男性社員たちのしょうもないレーダーに映らない、かっこいい、毅然《きぜん》とした存在になりたかった。例えば、トイレで一緒になる「無印さん」みたいに。勝手にいろいろ決めつけられて、天然だなんて言われるより、その方がよっぽど孤独じゃなかった。ただ何も言われず、何も思われず、好きな服を着て、好きなバッグを持って、働いていきたかった。C村は自分のラップトップに向き直った。

「またしても密室殺人事件。しかも今回は今まで私が出会った数々の事件の中でも最も不可解な事件と言えるでしょう」

「ああ、D野さん、お疲れさまです。あのプロジェクト以来ですね」

「ホームズさん、な、何があったんですか？」

「G山さん、F山さん、お疲れさまです。本当ですね、ご無沙汰《ぶさた》しています」

「デボラさん、あなたは見ない方がいい。いいですか、この隣り合った二つの部屋で同時刻にそれぞれの部屋の住人が殺害されました。ここは独身寮ですから言うまでもないことですが、お二人とも一人暮らしでした」

「どうなんですかあ、最近は、ラブの方は？」

「この二つの部屋ということは、まさかジョージーナさんとフローレンスさんが、おお、神よ」

「あー、ラブはないですね。まったくないです」

「デボラさん、心を痛めておられるときに大変申し訳ないのですが、このお二人について知っていることがあれば、ぜひ教えて頂きたいのですが」

「またまた、D野さん、隠れて人気あるんですよ、なんちゃって」

「ホームズさん、あなたのお役に立てるのでしたら喜んで。ジョージーナさんとフローレンスさんは大変仲がおよろしくて周りの皆さんからまるで姉妹のようだと、そう、まるで意地悪な双子のようだと評判でございました。あら、やだ、私ったら、うっかり口をすべらせてしまって、なんとはしたない！」

（……。）

「いいのですよ、デボラさん。あなたは本当に慎み深いお方だ」

「こらこら、G山、隠れてとか失礼だから。困ってるでしょ、D野さんが。ねえ、ほんとにごめんなさいね、うちのG山が」

「どうしたんですかな、ワトソンくん、そんなに息せき切って。なに、今度はヘンリーさんが殺された!?　くそっ、このままじゃ犠牲者が増えていく一方だ。一刻も早く事件の真相にたどり着かなければ!!」

　前の席では、ピルクル、でかいパックのお茶、野菜ジュース、甘い紅茶などをラップトップの周りに扇形に並べた、その時々自分の飲みたい味に忠実なL木さんが、食べ終わった菓子パンの袋をまとめて口をしばったコンビニの袋の空気をゆっくり抜いていた。ゆっくりゆっくり抜いていた。たいした空気量じゃないから聞こえるはずないのに、抜けていく空気の音が聞こえるような気がした。抜けていく空気の色が見えるような気がした。コンビニの袋はぺしゃんこになった。C木は知らないが、L木は

明日から会社に来なくなる。だからこれはC木が最後に見たL木の姿で、C木はこれから先、さみしさやむなしさといった概念について考える度に、静かに空気を抜いていたL木さんの姿が脳裏に浮かぶようになる。

自分の右側に黒いオーラを感じたというか威圧感があったので振り向くと、チームリーダーが左右のデスク棟を分ける通路の真ん中で、下を向いて立ちすくんでいた。巨大なチームリーダーに通路で立ち止まられると誰も行き来することができず、一瞬交通渋滞が起こった後、皆左右のデスクの列に進路を変えると、大回りしていった。何があったのか、がっくりと肩を落としたチームリーダーは落ち込んでいるように見えた。顔は毛にかぶさってまったく見えなかったが。誰とも話が通じないチームリーダー。野生の生き物なのにオフィスなんかに入れられて、しかもチームリーダーになんか任命されて。きっとチームリーダーも孤独なはずだ。もしかしたらこのオフィスの中で、チームリーダーのことを一番わかってあげられるのは自分なのかもしれない。私もチームリーダーも同じくらい孤独だ。

C木は席を立ち上がると、チームリーダーにゆっくりと近付いた。生き物にいきなり近付いて驚かせてもいい結果が生まれるはずがない。デスクの引き出しにりんごか常備しておけばよかった。

「チームリーダー、大丈夫ですか?」

声をかけると、チームリーダーはC木のいる方向に首を傾けた。そして顔と垂れ下がったくちびるをぶるぶる震わせながら、キーキーした声を小さく上げた。黄色い歯の間からつばが飛び散った。何を言っているのか相変わらずわからなかったが、チームリーダーは途方に暮れているようだった。もう一度キーキー声を上げたが、その声は痰《たん》が絡んだようにがらがらとかすれていた。C木はその声に幾《いく》ばくかの哀しみを感じとれたような気がした。

「大丈夫です」

チームリーダーが少しだけ顔を上げた。

「大丈夫です。私たち、きっと大丈夫です。こんなにがんばっているんですから、大丈夫に決まっています！」

C木とチームリーダーの目が合った。チームリーダーの真っ黒な目には、C木の輪《りん》郭《かく》が白く縁取《ふちど》られていた。まるで日陰にいる人みたいに。

チームリーダーは上を向くと大きく吠えた。そして両の手のひらを何度もパチパチと打ち付けた。その動作は確かチンパンジーか何かの喜びの表現であることをC木はチームリーダー研究で目を通した動物図鑑で見たことがあったので、チームリーダーは喜んでいるに違いないと思った。C木はやったと思った。はじめてチームリーダーと心が通い合った。C木も喜ぶチームリーダーと一緒に手を叩いた。

その瞬間だった。オフィスの中に竜巻が発生し、チームリーダーの体は竜巻に巻き込まれた。チームリーダーの体に貼り付いたポストイットが勢いよく剝《は》がれ落《お》ちた。竜巻はチームリーダーの全身を覆っていた長い長い毛をも吹き飛ばした。立っていられないぐらいの嵐の中、C木はなんとかチームリーダーの本当の姿を見ようとしたが、目を開けていることもできず、そのままその場に倒れ込むと意識を失った。デスクやラップトップ、様々な場所に貼られていたオフィス中のポストイットが乱れ飛んだ。ラップトップのデスクトップ上に保存されていたアプリのメモや付箋《ふせん》もデスクトップから次々に剝がれ落ちると、竜巻に誘われていく。オフィスの隅に積み重ねられていたイスの塔がガラガラと崩れ落ちた。男性社員も女子社員も皆竜巻の中へ吸い込まれ、そのまま何も見えなくなった。

なんだかわからないが同期のE木が若い女子社員に「大丈夫です」と力説されてい

るのを横目に見ながら、H木は通りすぎた。E木の足下には箱ごと落としたのかクリップが盛大に散っていた。あれが、前に飲み会でE木が言っていた女子社員だろうか。やる気は感じるのだが、決して悪い子ではないのだが、こっちの話をちゃんと理解しているのかわからない、よくわからないタイミングで相づちを打ってくるので調子が狂う、これだからゆとり世代はとE木はぼやいていた。そのエピソードは天然でかわいいとほかの男性社員に大受けだった。その女子社員がちゃん付けで呼ばれるようになったのは、その飲み会の次の日からだったことなど知る由もないH木が振り返ると、女子社員はE木に向かって拍手していた。なんだろう、あれ。

ドアを開け、オフィスの外に出た。

夕方のオフィスは明るい。すべての窓にブラインドが下りていても、隙間という隙間から光が差し込む。このままオフィスが光の中で溶けて消えてしまわないのが不思議なくらいだ。

朝もすごい。朝のオフィスは明るい。すべての窓にブラインドが下りていても、どうしても明るい。朝！としか形容のできない明るさだ。窓の外にあるジャンクションの上を車が途切れなく流れていく。一〇階のオフィスは重なったレーンのうち一番上の高さにあるレーンとだいたい同じ高さだ。ジャンクションを大型トラックが通るとすぐにわかる。大型トラックが通ると、オフィスの向こうの隅からこっちの隅まで黒い影がブラインドをざざっと通過する。まるで大きな鳥が頭上を通過したみたいに、全身が翼に持っていかれそうになる。浮遊感に襲われる。寝不足の時などこのまま意識が飛ぶんじゃないかと思う。

　今は夕方だが、一日分の疲れのせいで、別の意味で持っていかれそうだった。最近一日の終わりが近付くにつれて、足に力が入らなくなる。

　エレベーターのボタンを押した。少し経つと、四台あるエレベーターのうちの一つから接近を告げるブザーが鳴り、上にある表示灯が点灯した。しばらくするとドアが開いた。

　女子社員が三人、先に乗っていた。なんだか気まずそうな雰囲気だった。一人は俺の首からさがったＩＤカードをなんでかまじまじと見てきた。一目惚れされたのかもしれない。

　エレベーターが上昇した。

　一二階で降りた。自動販売機で缶コーヒーを買った。

　休憩室の窓から外を眺めた。このオフィスの者は皆今さら気にもしていないだろうけど、吹き抜けのこのフロアの南側の窓からは、赤い色の電波塔が見え、北側にある窓からは、新しくできたばかりの電波塔が見える。はとバスツアーに組み込めば喜ばれるんじゃないだろうか。ここからだとどちらもだいたい同じ大きさぐらいの遠さに見えるが、実際はどうなんだろう。

ブラインドに手を添え、つくった隙間から外を見た。よれたブラインドがペキッと音をたてた。ビルの窓という窓に光が反射している。食品会社の看板が目に入った。少し離れたところにあるオレンジ色に輝くビルとビルが連《つら》なった隙間に、違う明度の輝きがちらっと見えた。動きのある輝きが見えた。目を凝《こ》らした。川だ。あれはきっと会社の近くにある大きな川だ。

ああ、ここから見えたのか。

しばらく見ていると、商業用の船が横切って、消えた。川は大きく波打った。波が落ち着くまで、波面をしばらく眺めていた。そんなに大きな船じゃなかったのに、落ち着くのにこんなに時間がかかるんだな。俺は低い塀に腕をもたれさせると、コーヒーを一口飲んだ。どっちかというとビールって気分だな。そのまま静かに波間を眺めた。風が気持ちよかった。Tシャツとチノパンを通して、俺の中を風が通り抜けた。海のにおいがした。いつの間にかあたりは暗くなっていた。波が落ち着くと、灰色をしたビルが水面に浮かんだ。よく知っているような気がして、さらにじっと見つめた。俺の会社だった。俺の会社が、水面に映って、揺れていた。もう終業時刻をとっくに過ぎている。まばらに残った部屋の明かりが、水ににじんでいた。俺のオフィスにもまだ明かりが点いていた。その窓に自分の姿を探した。俺はまだ残業をしているに違いない。そう確信して、探した。こんなに窓があるのに、あの窓でもなく、その窓でもなく、この窓に俺がいる。デスクに向かっているあの男。あれは俺だろうか。よく顔が見えない。水面が小さく揺れるので、余計によくわからない。俺は俺らしき男が本当に俺なのか判断つきかねたまま、そのままずっと水面を見つめていた。三〇分後、俺のオフィスの隣の部屋の明かりが消えた。二時間後、二つ下のオフィスの明かりが消えた。明かりが消える前は、誰かがその部屋で一人イスを重ねているのが見えた。一時間後、俺のオフィスのすぐ上の階の明かりが点いた。会社の明かりがすべて消えることとは一度もなかった。どの時間も、必ずどこかの部屋に明かりが点いていた。俺の会社だけじゃない。同じように水面に映る、あのビルも、そのビルも、明かりが点いては消え、そしてまた点いた。ビルというビルが点滅していた。明るくなるにつれて、朝が近付くにつれて、ビルの点滅はどんどん目立たなくなっていった。外の明るさにとけ込んでいった。明るくなっていくのと、空気が変わっていくのが、同時に感じられた。朝の空気になっていくのが、色で、光で感じられる。駅から出てすぐのチェーンのコーヒーショップが開店準備をはじめた。夜のコンビニが朝のコンビニになった。駅から出てくる人の数が増えていく。オフィスの窓に見える人の数が増えていく。ビルの中に人が増えていく。俺はその中に俺を探した。朝の光が窓ガラスに反射して、どの人の顔もよくわからなかった。

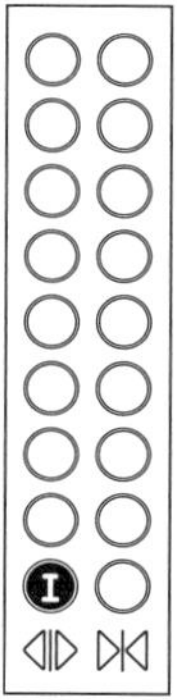

男性社員が缶専用のゴミ入れに缶を放り込むと休憩室を出ていった。『わたし』は男性社員がさっきまで立って熱心に外を眺めていた窓に近付いた。何を見ていたんだろう。別にいつも通りの景色だった。夕焼けの橙色《だいだいいろ》がまぶしかった。

知っている。あの男性社員はなんでもセクハラで済ませばいいと思っている。そう女子社員たちが話しているのをトイレ掃除をしている時に聞いたことがある。彼女たちは『わたし』などまるで存在しないかのようにしゃべる。何でも話す。『わたし』はこのビルで一番の情報通だろう。ほかの男性社員が女子社員にくだけた調子で話しかけると、ちょっと踏み込んだ質問をすると、女子社員が答えようとする前に、一緒に笑おうとする前に、こう言う。「おまえ、それセクハラだぞ」「おいおい、セクハラやめろよな」そして理解してますよみたいな調子でこう言う。「セクハラですよって言った方がいいぞ」「なあ、セクハラだよなあ。まったく困った奴らだよな」。セクハラでも何でもない時も。女子社員の一緒に笑おうとした口元がしぼむ。心が少しだけ冷える。

知っている。『わたし』がまだ小さい頃、テレビドラマに出てくるOLたちは、今だと信じられないようなことを言われたり、されたりしていた。その頃面白いと思って覚えていたドラマの断片を動画サイトとかで今たまに見ると、びっくりしてしまう。仕事中にお尻を触られたりそれこそレイプまがいの目に遭ったり、お茶を淹れるのが主な仕事みたいに言われたり、二九歳で独身でクリスマスだとえらいことだと描かれていた。一番面白いと思っていた、母も従姉たちもこれは面白いと夢中で見ていた「悪女《わる》」というドラマでは、「そしたら出世できますか?」と主人公のOLに聞かれたおじさん上司が、「女も出世したいのか」と詠嘆調《えいたんちょう》で言っていた。いいシーンみたいに。その頃から二〇年も経っていないのに、よく考えてみたら、すごい変化だ。だから趣味の悪い冗談にしか思えなくてもなんでも、セクハラしてくるかわりにセクハラだよなって声をかけてくれることはありがたく思うべきことだと知っている。じゃあなんで、こんなに寒々《さむざむ》しい気持ちになるんだろう。どうしてただここにいられないの。どうしてずっと女だって、自分は女だって意識させられないといけないの。どうして仕事と関係ないところで、いつも居心地が悪い思いをしないといけないの。どうしてそれ含めて仕事みたいな部分があるの。どうしてありがたく思わないといけないの。

少しもありがたくねえよ。

『わたし』は絶対それが普通だって思わない。『わたし』は絶対おもねらない。だまってずっと、おかしいって、馬鹿じゃねえのおまえらって、心の中でくさし続けてみせる。頭の中にあるデスノートに名前を書き続けてみせる。だって誰かがおかしいと思ったから、いろんな場所でいろんな人が同じように思ったから、声に出した人だけじゃなくて、声に出せなかったとしても思い続けた人がいたから、たくさんいたから、たった二〇年ぐらいでこんなに違うんでしょ。だから思い続ける。そしてなんでこんな普通のことがわざわざドラマのタイトルになってんのって今のドラマを二〇年後に見て笑う。そのために、誰にも侵《おか》されない難攻不落《なんこうふらく》の『わたし』をつくる。会議室にあるみたいなスタッキング可能のイスを重ねてバリケードをつくる。『わたし』はイスを重ねる。イスを重ねてビルをつくる。重ねて重ねて上の方がぐらぐらしてきたら、もう限界だなと思ったら、新しい列を横につくる。新しい列を積み重ねる。ここから見える世界も見えない世界も等しく同じであるように願いながら積み重ねる。それを繰り返す。そうやって縦の積み重ねと横の積み重ねを積み重ねる。そうやって窓の外のビル群みたいな街をつくる。『わたし』の街をつくる。『わたし』のビルをつくる。『わたし』の中につくる。そうやって年をとりたい。そうやって死に近付いていきたい。そうやって『わたし』も積み重なりたい。そうすれば、きっと消えない『わたし』が残る。消せない『わたし』がそこに残る。どうかなあ、こういう戦い方は地味かなあ、少しも意味がないのかなあ？

「大丈夫です。私たち、きっと大丈夫です。こんなにがんばっているんですから、大丈夫に決まっています！」

どこかのフロアからCの声が聞こえた。どのCが言ったんだろう。何人もいるからすぐにわからない。まあ、どのCもだいたい言うことは同じだから、どのCでもいいだろう。どうしても同じようなキャラクターになってしまう。

『わたし』は休憩室から出ると、フロアを横切り、階段をゆっくり下りる。窓の外には建設中のビルが見える。建設中のお城が見える。お城はドイツのノイシュヴァンシュタイン城を参考にした。色は水色がいいかな。『わたし』がそう思うと、窓の外のお城は水色になる。

『わたし』はオフィスに足を踏み入れた。

誰もいないオフィスには、色とりどりのポストイットが散在していた。『わたし』は手にしていた掃除機を脇にどけると、ほうきとちりとりを手にとった。そしていつもの通り清掃にとりかかった。『わたし』は端から中央へと少しずつポストイットを集めていく。すぐにちりとりがいっぱいになった。オフィスのちょうど真ん中あたりにまとめる場所をつくった。すべてのポストイットを拾い切るのに二時間ほどかかった。『わたし』は透明なビニール袋の中に、集めたポストイットを入れた。そしてオフィスの隅から順々に、デスクやデスクトップにポストイットを貼り付けていった。ポストイットの色味を合わせたり、逆にわざとはずしてみたりしながら、貼り付けていった。すべての作業が終わる頃には終電に近い時刻になっていた。『わたし』は最後に『わたし』のビルの中央に立つと、ポストイットがきれいに貼られた、整然とした『わたし』のオフィスを満足げに眺めた。これで皆明日も問題なく働けるだろう。気持ちよく働くことができるだろう。

ウォータープルーフ嘘ばっかり！

AB　嘘ばっかり！　嘘ばっかり！　ウォータープルーフ嘘ばっかり！
A　いつまでも女の子女の子言うんじゃねー！
B　こちとら三〇過ぎてるっつうの！
AB　嘘ばっかり！　嘘ばっかり！　ウォータープルーフ嘘ばっかり！
A　えー今日もやってまいりました。ご存知「ちふれ」でございます！
B　皆さん、知っていますか？　化粧品メーカー「ちふれ」の正式名称を。「全国地域婦人団体連絡協議会」です。なんて間口の広い名称でしょう。もしかして女性の活動すべて「ちふれ」なんじゃ？なんて気もしてきます。ということはですね、女性が団体を結成したら、それはもうあまねくすべて「ちふれ」です！　「ちふれ」がドンマイっとカバーしてくれる。だから私たち二人も「ちふれ」の一員です！

A　えーこの生き馬の目を抜く世の中、そこら中にいたいけな女性を惑《まど》わす罠《わな》がたくさんあります！　クレアラシルのCMのように、「医薬部外品です」と聞いてもいないのに宣言してくれていた平和な時代は終わったのです！

B　そんな嘘と偽《いつわ》りにまみれた現代社会に、私たち［ちふれ］はするどくメスを入れていこうと思います！

A　私たち［ちふれ］は戦う女性の味方です！

B　私たち［ちふれ］は嘘を許しません！

AB　嘘ばっかり！　嘘ばっかり！　ウォータープルーフ嘘ばっかり！

B　えー女性にはお馴染《なじ》みだと思いますが、化粧品にコンシーラーというアイテムがございます。これは目の下に塗るとくまやくすみが消えますよ、という商品でして。そしてまあ、女性誌なんかを読んでいますとね、私たちぐらいの年になると疲れやすいから、くまができやすいから、コンシーラーを塗れ塗れと、結構なテンションでもって言われるわけです。目の下のそのどよんとした灰色が見苦しいから隠したまえよと。

A　けれども先日私はここに偽りを発見したのです！　この前ですね、電車の中で下校中の小学生と乗り合わせまして、なんとなしに見ていたら、なんと小学生全員にくまがあるんです。むしろ子どもの方がくっきりとあるではないですか、くま！　私、だまされてたっ！　いえ、コンシーラーが悪いとは申しません。素晴らしいアイテムだと思います。私だって三つ持っています。いつの間にか三つあったんです。多分小人さんが夜のうちに増やしてるんだと思います。ただ、三〇過ぎのおまえたちはコンシーラーがないとみすぼらしいよとプレッシャーをかけて商品を買わそうとするのはやめて頂きたい！　かように思う次第です。くまは小さい時からあるもの！　だから別に隠さないでもいいもの！　でもまあ隠してもありかもね、かもねかもねそうかもね。それぐらいのテンションでお願いしたい！　願いたい！

AB　嘘ばっかり！　嘘ばっかり！　落ちないマスカラ嘘ばっかり！

B　この世の中とんでもない数のブランドがひしめいています。化粧品一つとっても種類がありすぎてどれがいいのかわからない。で、今ネットに口コミサイトなんかがありますよね。これが曲者《くせもの》だなあと、日々思います私。まずはたして本当に消費者が書いているのかと。化粧品会社の人が商品を宣伝するために、ぽちぽち入力してるんじゃないかと。ネットは書いている人の顔が見えない。恐ろしい。不安です。でもまあ、信じなければ情報も得られない。迷子のまま。ですから嘘偽りなく消費者が書き込んでいるのだと自分に暗示をかけ、そういうサイトを見てますとね、たまにいるんです。「わたし、ボディクリームフェチなんで家に一〇個はありますね、気になる商品があるとすぐ買っちゃう（笑）」、なんて言っている人が。正気か！　どんだけ自分を保湿する気だ、潤《うるお》す気だ。もうべたべた通りこして、ぬたぬたです、それは。消費期限中にちゃんと使い切れるのかい？といらぬ心配もしたくなります。それにですね、この発言の何が問題かといいますと、自分がもう持っている化粧品をお店で見た時そしてそれを欲しいと思った時、件《くだん》の発言が頭に浮かんで、私はまだ二個目だからいいよねーとついつい財布のひもを緩《ゆる》めてしまうことなんです。皆さん、だまされてはいけません！　彼女たちは知らず知らずのうちにボディクリームを販売している会社の回し者と化しているのです。また新参者ながら一気に世の女性の心をつかんだグロスに対しても、このような発言が多発傾向にありますので、ご注意を！　私なんてもう六本持っています。嘘です。八本です。誰か私をとめて！

AB　嘘ばっかり！　嘘ばっかり！　落ちないマスカラ嘘ばっかり！

A　とはいえ、雑誌やネットの煽《あお》り文句も悪いことばかりではありません。例えば最近ネイルサロンに通う人が増えました。自分でマニキュアを塗る人が減っているそうです。で、そうなると雑誌に現れるわけです、「自宅ネイル派」という言葉が。「読者モデル◯◯さんは自宅ネイル派」なんて書いてある。それ、ネイルサロンに行くお金がないんじゃないんですか。だいたい「派」ってなんですか。いつ誰と派閥《はばつ》を組んだんですかあなたは。そんな町の声は野暮《やぼ》というものです。考えてもみてください。ネイルサロンに通《かよ》えない懐具合を、流行についていけないさみしい気持ちを、ここまでポジティブに昇《しょう》華《か》させたフレーズはなかなかない。「自宅ネイル派」の「派」には、精一杯の強がりがつまっているのです。ボロは着てても心は錦《にしき》。いじらしい。まるでおしんのように涙ぐましい。それが「自宅ネイル派」です。もう一つ言わせて頂きますと、保湿クリームや化粧下地についてくる使用説明書。一回分の適量を、元来「あずき大」と表現していたものですが、私の調べによると、いつの頃からか「パール一個分」と書かれているパターンが主流になってきています。化粧品のカウンターにいる店員さんにも言われます。「だいたいパール一個分がご使用の目安ですね」と。「あずき」から「パール」へ。どちらがよりおしゃれか、これは太陽が東から昇ることくらい自明なことですよね。この表現を発見し、そしてそれを私たちが気付かないうちにナチュラルに浸透させた。この人は偉人だと思います。かなりのやり手だなと思いますね。

B　（Aに向き直り）会長、常に良い側面を見ることを忘れないその姿勢、さすがです！

A　（Bを見て）ありがとう、副会長。人生の明るい面を見ようってモンティパイソンでも言ってたでしょ。

（2人握手）

AB　嘘ばっかり！　ウォータープルーフ嘘ばっかり！　気がつきゃ目のふち真っ黒に！

A　次にですね、買い物に行っても私たちは嘘の危険にさらされています。例えばデパートや駅ビルなんかの服を売っているお店に入りますよね。そうすると店員が近付いてきて、こう言うのです。「そのストールかわいいですねー。どこのなんですか?」まずこれが不思議。私は以前から所有している持ち物をほめてもらうために来たのではなく、新しい服との未知との遭遇《そうぐう》を期待してお店に足を運んだのです。しかも二人の間で話が盛り上がっているついでなら少しは真実味もありましょうが、店に入った第一声がそれって。大学入学ドキドキの新入生。はじめての授業で、階段教室後ろの席に座っていたエリちゃんに「そのシュシュかわいいね」と話しかけられそれがきっかけで親友に、とかじゃないですからね。絶対マニュアルです。持ち物をほめ気持ち良くさせ思考回路を麻痺《まひ》させ買わせろというマニュアルです。この不況のご時世、売り上げをキープするのも並大抵のことではないと思います。ですが、店の商品の優れたところをアピールすることこそ服屋の本分ではないでしょうか。媚《こ》びてもらわなくても買う時は買います。ですからこのような低いところに流れるがごときマニュアルがあるお店は積極的に迂回していくことをここに誓います！　本心を申しますと、ほめられることに慣れていないので、どう反応していいのかわからず、頭の中が真っ白に

なり、我に返った時にはお店から逃走中の自分がいるのです。弱虫、この弱虫、私の弱虫‼（頭をげんこつで連打する）

ＡＢ　ウォータープルーフ嘘ばっかり！　パンダ目なんて言われてパンダも大迷惑！

Ｂ　マニュアルといえば、飲食店でですね、店員さんが甘酸っぱい雰囲気になっている時がありますよね。私語は慎《つつし》めというレベルを超えて、なんというか店員さんたちの間に恋が芽生えているんじゃないのかという現場に居合わせ、きゃっきゃと楽しげな声を聞きながら一人ごはんを食べなければならない苦痛。店内の恋愛バラエティ禁止をマニュアル化して欲しいです。二人の歴史的瞬間に立ち合いたくないです私。だいたいですね、男の人は簡単にだまされますけどね、そういう時の女性の声色というものは嘘ですよ、嘘。普段はそんな甘い声出してません。自由自在にコントロールできますからねあれ。そこ、そこのあなたがだまされちゃ駄目ですよ。

Ａ　確かにそういった女性の嘘を見抜けない男性がいまだに多く、そしてそのことで最終的にお鉢《はち》が回ってくるのは、誠実をモットーとした私たちのような女性。副会長、強く生きていきましょう！

B　はい、会長！

A　えっ今日の飲み会？　男だけだって。何もないって。

AB　嘘ばっかり！　嘘ばっかり！

B　あいつは俺がいないと駄目なんだ。

AB　嘘ばっかり！　嘘ばっかり！

A　妻とは別れるよ。

AB　嘘ばっかり！　ウォータープルーフ嘘ばっかり！

（二人、ゼエゼエ息をする）

B　（腕時計を見ながら）あっすみません、今日早退させてください。

A　あらどうしたの副会長？

B　ちょっと約束が。（たすきをはずす）

A　そういえば今日の副会長、どうしてスカートなの？　スラックス派のあなたらしくもない。

B　ドキッ。

A　しかもヒール。

B　ドキドキキッ。

A　あなたまさか、デート！
B　（無言で胸に手をあてる）
A　私たち、もう男なんていらないって、ともに戦おうねってあの日約束したじゃない。
B　（Aを見たまま口紅をポケットから出して塗る）会長！　すみません！
　（B走り去る）
A　（Bが消えた方向に向かって）嘘ばっかり！　嘘ばっかり！（だんだんトーンダウンする）
　（その場にしゃがみこむ）
　（涙をぬぐう、手の甲についたマスカラを見ながら）
A　ウォータープルーフ嘘ばっかり……
　（ひざに顔をうずめる）

マーガレットは植える

マーガレットは植えた。バラの花を植えた。スミレの花を植えた。スズランの花を植えた。シロツメクサの花を植えた。もちろんマーガレットの花も植えた。箱からマーガレットの花が出てきた時、マーガレットは「また会ったわね！」と小さな声でつぶやくと微笑《ほほえ》んだ。年月がフェザータッチで描いたなだらかな曲線がマーガレットの目元口元で躍った。マーガレットは植えた。きれいな色の風船を植えた。鼻にこそばゆいようなすっとする香りのリップクリームを植えた。厚みのあるマグカップを植えた。カシミアの靴下を植えた。植えることがマーガレットの仕事だった。だからマーガレットは植えた。派手ではないが、素敵なのを植えた。飽《あ》きがこないのを植えた。袖《そで》を通したら一日いい気持ちで過ごせそうなのを植えた。やさしい感じの、やわらかい感じの色を植えた。やさしい感じの、やわらかい感じの手触りを植えた。マーガレットは毎日植えた。日々を愛《いと》おしむ心を植えた。気に入ったものを長く使う心を植えた。丁寧に扱う心を植えた。マーガレットは急がなかった。マーガレットはゆっくり植えた。ここはゆっくり植えてもいい場所だった。ゆっくり植えてどれだけの時が経《た》っただろう。無造作に毛先がはねているところどころ白いものがまじった薄茶色の髪に、コットン一〇〇%のカットソーとズボン、無骨《ぶこつ》でありながら繊細《せんさい》でもあるフレームの眼鏡をかけたマーガレットとマーガレットの庭を夕暮れの光が淡《あわ》く包み込んだ。その光景を通りすがりの人が見たら、まるで天国のようだと思ったかもしれない。

マーガレットは疲れた顔でタウンワークをめくっていた。化繊《かせん》だということを本人も気付いていないまま無頓着《むとんちゃく》に着ている服がちくちくした。ドトールの二階、トイレに一番近い席だった。アイスコーヒーの氷が溶け、グラスがびしょびしょになり、ついでに下に敷かれた紙ナプキンを貫通した水滴でテーブルもびしょびしょになる現象をマーガレットは心底にくんでいたので、いつもは清々《すがすが》しくすぐに飲み干すように心がけていたのだが、毎週月曜日だけはだらしなく水が膨らんでいくのに任《まか》せていた。どれだけこんな不毛な日々を過ごしているのだろう。タウンワークの発行日を心待ちに一週間を送る日々だ。毎週月曜日にはファミリーマートでタウンワークをもらい、そのまま通りの向かいにあるドトールでページを開いた。今週こそは自分にぴったりな仕事が見つかるかもしれない。ページを開く前どうしたって一瞬期待してしまう。その希望は薄い冊子を閉じる頃には諦念《ていねん》の混じった絶望に変わる。毎度のことだった。

マーガレットはいいかげん気が遠くなりそうだった。求人は毎週ちゃんと更新されていた。新たな求人が生まれていた。不思議なのは歯科医院の助手の募集だった。この世にそんなにたくさんの歯科医院があるのだろうかと訝《いぶか》しく思うほど、毎週湯水のように歯科医院の助手の募集が湧いていた。求人募集を見るのは面白かった。けれど実際問題、マーガレットはどの仕事にもどうしても応募する気になれなかった。「フレンドリーな職場です」と書いてあると駄目だった。フレンドリーな人たちと一緒に働ける気がしなかった。「あなたの夢を応援します」という店長からのエールの横に、頭にバンダナや手ぬぐいを巻き、楽しそうに笑っているバイト仲間たちの写真が添《そ》えられていると駄目だった。夢がある人たちと一緒に働ける気がしなかった。客の誕生日が判明した時に、手拍子しながらハッピーバースデーを歌わせられそうな店は駄目だった。作務衣みたいな制服がある店は駄目だった。「頼りになる先輩がしっかりサポート」も駄目だった。今までマーガレットは頼りになる先輩に出会ったことなどなかったからだ。つまりマーガレットは疲れていた。人と関わることに、人と働くことに疲れていた。働くことにはまだ疲れていない気がした。たった一人で誰ともしゃべらなくていい仕事がしたかった。そんな仕事はなかった。けれどマーガレットはある週、ぺらぺらしたページの小さな四角い枠の中にそんな仕事を見つけた。

最初に箱から出てきたのは真っ白いシャツだった。マーガレットはおそるおそる、でもマニュアル通りにシャツを植えた。シャツをちゃんと植えることができてマーガレットはほっとした。それから箱から出てくるものを一つ一つ丁寧に植えていった。箱は毎日届いた。クロネコで届く日もあれば、佐川で届く日もあった。九時から一八時まで、実働八時間で時給は九〇〇円。土日は休みだった。マーガレットは少し時給が安いなと思ったが、すぐに仕方ないと思い直した。何しろ植えるだけの仕事なのだ。それに配達員から箱を受け取るとき以外は、誰とも会わなくていいし話さなくていい。ノルマはなかった。箱の中身をすべて植えきることができなくても、次の日に植えればよかった。だからマーガレットはゆっくり植えた。きれいな音のする陶器の風鈴。色とりどりのマカロン。戦闘美少女のフィギュア。バンドTシャツ。箱からは次々と出てきた。マーガレットは自分の手元にやってきたうつくしいもの、素敵なものを一つ一つ忘れてしまわないようにゆっくり植えた。マーガレットは箱から出てくるものを全部愛おしいと思った。それが何より一番うれしいことだった。

箱から出てきた死んだネズミを見てマーガレットはびっくりした。マーガレットはほとんどつまむようにしながら死んだネズミを植えた。箱からくしゃくしゃになったハンカチが出てきた。マーガレットはくしゃくしゃになったハンカチを植えた。泥水が出てきた。マーガレットは泥水を植えた。休憩時間にマーガレットは近くのスーパーでゴム手袋を買った。ゴム手袋をはめたマーガレットは植えた。ぐっしょりと濡《ぬ》れたぬいぐるみを植えた。しなびた野菜を植えた。羽をもがれた鳥を植えた。赤黒い血が染み付いた絨毯《じゅうたん》を植えた。マーガレットは箱から出てくるものをまっすぐ見つめることができなかった。何が起こったのかわからなかった。一つの考えが箱から出てくると、それからすぐ後にそれとは正反対の考えが同じ箱から出てきた。一つの思いが出てきた後には、また正反対の思いが出てきた。マーガレットは混乱した。混乱したままマーガレットは植えた。割れたカップを植えた。切り取られた舌を植えた。誰も愛することができない心を植えた。にくしみを植えた。怒りを植えた。埋めたいと思いながら植えた。マーガレットは箱から出てくるものをすべて埋めてしまいたかった。どれだけ芽を伸ばしても地上に到達できないくらい地中深くに埋めてしまいたかった。それができるのはここにいるマーガレットだけなのにマーガレットは植えなければならなかった。だからマーガレットは植えた。はやく枯《か》れろと願いながら植えた。枯れろ枯れろ枯れろ。マーガレットは小さな声でつぶやいた。マーガレットの仕事はそういう仕事になってしまった。マーガレットはゆっくり植えることを忘れた。新しい箱が届くと気分が沈んだ。少しでもはやく箱をさばこうとした。でもどれだけ箱をさばいても、以前のようにマーガレットの心が温かくなるような素敵なものは出てこなかった。マーガレットは悲しみを植えた。マーガレットは不安を植えた。マーガレットは後悔を植えた。マーガレットは恐怖を植えた。マーガレットは恐怖を植えた。マーガレットは恐怖を植えた。マーガレットは恐怖を植えた。マーガレットは恐怖を植えた。くる日もくる日もマーガレットは罰ゲームのように恐怖を植えた。今までのように手製の弁当でゆっくり休むこともなく、コンビニのおにぎりを作業の傍《かたわ》らもそもそかじった。マーガレットは深く呼吸することを忘れた。視界が狭くなった。マーガレットは恐怖を取り落とした。あっと思ったマーガレットは我に返った。マーガレットは落とした恐怖を拾うと急いで植えた。気が付くとマーガレットの身体は汗でべたべただった。不快だった。気持ちが悪かった。マーガレットはかつらをとった。こもった熱とともに硬い黒髪が解放された。度数の入っていない眼鏡をとると、顔をこすった。眉墨《まゆずみ》で書いた皺《しわ》が斜《なな》めによれて消えた。何がマーガレットだ。まだ三〇年も生きていないくせに、一丁前に疲れたふりの馬鹿な女じゃないか。埋めたいものも植えるしかない女じゃないか。臆病《おくびょう》で何もできない女じゃないか。真希子は泣いた。真希子は庭の真ん中に突っ立って泣いた。

（少しだけ昔に森茉莉という作家がいて、彼女は自分のことをマリアと呼んだ。真希子は森茉莉が大好きだった。茉莉さんがマリアなら、自分がマーガレットでもいいじゃないか、誰に迷惑をかけるわけじゃなし。真希子は思った。箱の配達員たちが不可思議な顔と気持ちで真希子のことを見ているのは知っていたが、この職場にいる間、私はマーガレットだ。はじめてシャツを植えたあの日、真希子はそう決めた。）

真希子は泣きながら庭を見渡した。恐怖が霧のように低く充満した真っ黒な庭は真希子をずぶずぶ吞み込む沼のようだった。ブラックホールのようだった。真希子はどこでもない場所に立っていた。ここはどこだろうと真希子は思った。真希子は気が付いた。最初から選ぶ権利など真希子にはなかったのだ。選べるわけなんてなかったのだ。そりゃそうだ。真希子は小さく笑った。涙はもう出なかった。真希子はかつらをかぶり直した。タオルハンカチで顔をふくと、かばんの中から化粧ポーチを出した。手鏡を見ながら皺を書き直した。眼鏡をかけた。植えてやる。植えてやるとマーガレットは思った。マーガレットは箱に手を差し入れた。恐怖が箱から顔を出した。マーガレットは目をそらさなかった。まっすぐ恐怖を見つめた。そしてゆっくりと恐怖を植えた。きれいに植えた。マーガレットは決めた。私には選ぶ権利がない。でも待つことはできる。ここでこうして植え続けたら、いつかまた素敵なものが、見ているだけで心が温かくなるものたちが、箱から出てくる日が来るかもしれない。ならば私はここで待つ。植えながら待つ。マーガレットは恐怖を植えた。マーガレットは恐怖を植えた。マーガレットは深呼吸した。マーガレットは恐怖を植えた。軽くストレッチして身体をほぐした。水筒に入っているいい香りのハーブティーで一休みした。マーガレットは恐怖を植えた。マーガレットは恐怖を植えた。クロネコの配達員が次の箱を届けに来た。マーガレットは笑顔で箱を受け取った。クロネコの配達員はマーガレットの笑顔をはじめて見たと思った。箱の中身はまだわからない。メンズライクなデザインでちょっとやそっとでは飽きがこない腕時計が終業時間をマーガレットに告《つ》げた。マーガレットは明日の箱を明日開けることにした。マーガレットは明日も植える。

ウォータープルーフ嘘ばっかり！

［ちふれ］会長活動報告書

◎一月のテーマ「とまどい」

（生きているととまどうことばかりです。最近特にそのことを痛感しています。そんなことから今月のテーマを選びました）

その一

パンツと言われると、「ズボンの方ですか？　それとも下着の方ですか？」と聞かなければ、自分が本当に会話を理解しているか安心できない私は古い女なのでしょうか。あんなに文脈を量《はか》らなければならない、今時の表現で言うならば、空気を読まなければならない言葉がほかにあるでしょうか。だいたい誰が決めたのかこちらにはわかりようもありませんが、これからはズボンのことをパンツと呼ぶことにするというのなら、それまで一般的にパンツと呼ばれていた下着のパンツに新たな名前をしっかり授《さず》けてからにして頂きたかったと思います。「昨日パンツ買ったんだ」「えっどっちのパンツ？」「えーあれだよあれ、ショーツの方だよ」「あーなんだ、ズボンじゃない方ね」こんな会話の経験者も世の中に少なくはないでしょう。だいたいショーツも定着している言葉ではありません。ショーツは、ズボンの方じゃないよということを相手に示すための仮の表現でしかないのです。パンティーもその言葉の有する圧倒的な恥ずかしさから定着することはないでしょう。「ズボンのこともパンツって呼ぶから、というかむしろこっちが本当のパンツだから」と誰かが言い出したあの日から、下着のパンツにまつわるいろいろがふわふわしています。落ち着かないのです。完全に見切り発車だったのではないかと思っています。

エアロビクスに部屋着にと、どの時代にも欠かせない存在だったスパッツもいつの間にかレギンスという表現に取って代わられましたが、そちらはほかに紛《まぎ》らわしい存在がいるわけではないので、案外スムーズに受け入れることができました。ただ「スパッツ！」としか言いようのない、この製品の持つ伸縮性に絶対の自信あり感がレギンスでは薄れてしまったのではないかと危惧《きぐ》はしていますが、それは老婆心《ろうばしん》というものでしょう。私はスパッツという言葉は動詞だとずっと思ってきました。なんて躍動感のあるスポーティな言葉だろうと思っていました。これまで私たち女性を支えてくれたスパッツに感謝の言葉を贈りたいと思います。

そうして一躍時の人となったレギンスですが、最近ではトレンカというものもあるのです。これは通常のレギンスの足首の部分に、そのまま足裏までひっかける輪っか部分が付いているものです。このトレンカをはじめて見た時、私は懐かしさで胸がいっぱいになりました。小学校中学校と体育教師が好んで着用していただいたジャージにトレンカの形態がよく似ていたからです。幼少時代の思い出にすがってその後の長い人生を生きる。それが人の宿命。そんな根源的な気持ちを思い起こしてくれるので、トレンカはまったくやぶさかではないアイテムです。ただ寿命が短いアイテムであることは必至。シュシュもそうですが、昔はダサいとされていたアイテムがここに来て急におしゃれアイテムとして表舞台にひっぱり上げられる。良いのか悪いのか、それは合っているのかとち狂っているのか、年をとるごとにわからないことが増え、とまどうことが多い昨今です。

その二

かばんは小さい方がよりおしゃれ度が高いもの。しかし外出時の女性の荷物は得てして多い。財布、携帯電話、手帳、化粧直しするための化粧品が入ったポーチ。たくさん持ち歩きたいがおしゃれもしたい。そんな複雑な女心を満たすのがサブバッグという存在です。小ぶりのスタイリッシュなバッグに入り切らなかった荷物をサブバッグに入れ、二つのバッグを持ち歩くのです。知らない人は現代人失格とばかりに浸透したエコバッグもサブバッグの一種でしょうし、人によっては洋服や化粧品を買った際にもらえる素敵な紙袋をサブバッグとして利用している人もいます。メインのバッグよりも、サブバッグの方があきらかに大きい人もいます。ここで今回のテーマに結びつくのですが、サブサブいうけど、サブがメインをその容量で凌駕《りょうが》した場合、それはどっちがメインだと私は問いたいのです。果たしてどっちがサブであるかと。荷物が多いのなら、むしろトートバッグのような大容量かばんに一切合切放り込んだ方が生き様として潔《いさぎよ》いのではないか。エルメスのバーキンが欲しい！とはしゃぐ前に、バーキンバッグ誕生のきっかけとなったジェーン・バーキンの逸話《いつわ》を君は知っているのか。知らないのなら一度ググッてみてはどうか。どっちがメインでどっちがサブか、そこのところを一度考えてみてはいかがですかと、女性の皆さんにはご提案したい所存であります。

また女性の荷物と比べて男性の圧倒的な荷物の少なさの不思議も今後解明していきたいと思っています。手ぶらでふらっと外出できる男性が私はうらやましくてなりません。一方何故《なにゆえ》女性はそんなにも持ち歩かなければならないのか。この男女の生態の違いがどこよりも浮き彫りになる時と場所があります。フィギュアスケートの大会です。パフォーマンスを終えた選手がキスアンドクライという開かれた控え室のような場所で自分の点数が出るのを待つのですが（そしてそのキスアンドクライの様子ももちろんテレビで流れるのですが）、その際選手の横にはコーチ（や関係者らしき人）が座ります。そしてそのコーチが女性だった場合、彼女は必ずと言っていいほどハンドバッグを携帯しているのです。男性のコーチがキスアンドクライにかばんを持ち込んでいるのを私は今のところ見たことがありません。自分が育てた選手の一世一代の瞬間、ましてやテレビ放送される現場にも私物のバッグを持ち込まなければならない、ポケットに財布と携帯電話といった貴重品を入れるだけではすまない女性の性《さが》に私は目をみはるばかりです。かばんは女性の第二の心臓なのかもしれません。

総括

今月も最後までお付き合い下さいまして誠にありがとうございます。私事ではございますが、今回が「ちふれ」の会長としての最後の活動報告書になると思います。さまざまな嘘が世の中にはびこっているような気がしてならず、その後ろに隠れているどこかの誰かの私利私欲や欺瞞《ぎまん》に胸打ちふるえる夜もあれば、「これはCM上の演出です」「これはイメージ映像です」などとかなりの確率で注意書きがテレビCMの画面上に添えられるようになった日には、それぐらいだまされていたいと星を見上げる夜もある。すべては今一瞬のことであり、またそれぞれのニーズに合わせ世界は形を変えていく。その中で真実を見失わずにいたい。夢とロマンを失わずにいたい。同じ女性として、世の女性が道を踏み外さず、自分らしく生きるための手助けがしたい。その思いで今日まで自分なりに切磋《せっさ》琢磨《たくま》してきたつもりですが、どうやら限界のようです。皆さま、今日まで本当にありがとうございました。

「ちふれ」会長　大野公子

A　ウォータープルーフ嘘ばっかり！
B　ウォータープルーフ嘘ばっかり！
A　嘘ばっかり！　嘘ばっかり！
B　嘘ばっかり！　嘘ばっかり！
A　えー、で、なんだっけ？
B　わかんない、だってなに言ってるかぜんぜんわからなかったもん。
A　うん、よくわかんなかった。
（AB笑う）
B　はー、しばらくぶりに平和な公園だよ。
A　あのおばちゃんたち、最近来ないよね。
B　うん。
（小学生女子ABブランコをこぎながら話している）

A　アヤカちゃん、ウォータープルーフってなにかわかる？
B　わかんない。ウォーターは水のことだよねえ。読書の授業でヘレン・ケラーの伝記読んだ時出てきたもん。
A　あーわたしも読んだ！　ウォーター！（自分なりのヘレン・ケラーを表現）
B　そう、ウォーター！（こちらも自分なりのヘレン）
（AB顔を見合わせて笑うが、急にしみじみとして）
B　すごいよね、ヘレン・ケラーは。
A　うん、すごい、ヘレン・ケラー。
B　尊敬する人はヘレン・ケラーだよ。
A　うん、あとわたしナイチンゲールも好き。
B　いいよね、ナイチンゲール。
（二人しばらく空を見つめ無言でブランコをこぐ）
A　（思い出したように）あれ、じゃあウォータープルーフのプルーフはなに？
B　ウォータースライダーみたいなのかなあ？
A　ウォータースライダーってなに？

B　えーカナちゃん知らないの⁉　ディズニーランドとかにある乗り物のことだよ。びゅーんって下に落ちる時に、水がかかるんだよ、ばっしゃーんって。

A　えー服が濡《ぬ》れちゃう。

B　それが楽しいんじゃん。

A　そういうもんなの？

B　そういうもんだよ。

A　ふうん。アヤカちゃん、夏休みディズニーランドに行ったんでしょ。

B　うん、しかもアメリカのだよ、日本のじゃないよ。

A　いいなあ。わたし飛行機にだって乗ったことないのに、アヤカちゃんは飛行機に乗って、ウォータースライダーに乗って、帰りもまた飛行機に乗ったんでしょう？

B　う、うん。

A　いいなあ、アヤカちゃん家。服だって全部デパートの有名ブランドのだし。わたしなんかユニクロだもん、不公平だよ不公平。

B　でもうちのママ、いっつも怒ってるし、すぐママ友に影響されて、わたしに習い事ばっかさせようとするし。カナちゃんのお母さんの方がいつもにこにこしてていいなあ。

A　うーん、そうかなあ。

B　そうだよ。あれ、あの女の人…。

（Bベンチを指さす。いつの間にかサングラスにトレンチコートの女が一人座っている）

A　あっ…。

B　カナちゃん、行こう！

A　（うなずいて）うん、アヤカちゃん！

（AB手をつなぐと女のもとに駆け寄る）

AB　ねえねえ、おばちゃん。

C　なに、あなたたち？（Cサングラスをかけたまま怪訝《けげん》そうに顔を上げる）

A　ねえねえ、ウォータープルーフってなに？

C　（顔を背けながら）なんのことかしら？

B　いっつも大きな声で言ってたじゃん。ウォータープルーフ嘘ばっかり！って。

C　そうね、そんな時もあったわね。
A　どうして最近来なかったの？
C　同志が去っていったからよ。
A　ドウシってなに？（ＡＢ顔を見合わせる）
C　友達のことよ。
B　友達がいなくなっちゃったの？
A　えー悲しいね。
C　そんなもんよ人生なんて。（足を組みタバコをスパーと吸うジェスチャーをする）
A　おばちゃん、トレンディだね。
B　さすがオトナって感じ。
C　ふふっ。トレンディなんて死語よく知ってるわね。夕方のドラマの再放送でもママと一緒に見て覚えたのかしら。ところであなたたち、さっきからおばちゃんおばちゃんって言うけどね、それこそこの現代社会では死語だから。私はね、アラサーだから。そこんとこよろしく。
AB　アラサー？

C　そうよ。それからアラフォー、アラフィフとアラアラ言っているうちに皆いつの間にかお墓の中よ。
AB　へー。
C　人ごとみたいに言ってるけどね、あなたたちだって年をとるのよ。
AB　えー。
C　えーじゃない！　それでその時驚くでしょうよ。自分がまだまだ子どもだってことに。私もあなたたちぐらいの頃、今の私ぐらいの年の人を別の星の生物ぐらいに遠い存在だと思っていたけど、今になってそれがよくわかる。自分はまだぜんぜん駄目。がんばってもがんばっても私なんて…。（うつむいて涙ぐむ）
AB　おばちゃん…。
C　だから言ったでしょ。私はおばちゃんじゃないって。私はね…。
D　会長！
（女が一人Cに走り寄る）
D　会長！　遅くなりました！
（CD見つめ合う。ABポカーン）
C　副会長、どうしてここに。

D　すみません、この人、私の彼氏です。

C　（木の後ろから男が一人出てくる）

なんで彼氏なんて連れてくるのよ。私へのあてつけ？

D　ちがいます！　確かに私は一度［ちふれ］を捨てました。でも彼と付き合っていくうちに男性の世界にも苦しいことおかしいことがたくさんあるって知って。それで彼にも［ちふれ］の活動に参加してもらおうと思ったんです。男性側の意見も取り入れ多角的な視野を持つことで［ちふれ］のさらなる発展があるのではないでしょうか！

C　副会長…。

D　幸い彼も私の話を聞くうちに興味を持ってくれるようになって。君が大好きな会長に僕も会いたいって言ってくれたんです！

C　（少しの間の後サングラスをはずし）いい彼ね。

E　はじめまして会長。

（CDE微笑《ほほえ》み合う）

A B　ねえねえおばちゃん。

C　ふふふ。会長と呼びなさい。

A　会長、お友達戻ってきたんだね。あっ同志か。
B　会長、良かったね。
C　ありがとう。
A　それでさあ、ウォータープルーフ嘘ばっかり！ってなんなの？
C　（ウィンクしながら）それはね、この世界の悪を暴《あば》いて真実を見ることができる魔法の呪文なのよ。
AB　えー魔法の呪文！
D　会長、私がいない間に随分《ずいぶん》とかわいいお弟子さんたちができたんですね。
C　ふふふ。
D　新生「ちふれ」とうとう始動ですね！　それではいつものいってみましょう！
AB　やったー！
（E腕まくりをしてやる気をアピール）
ABDE　ウォータープルーフ…
C　（ABDEが言い終わらないうちに）ちょっと待ってください。
D　どうしたんですか会長？

C　こんなにバラエティに富んだメンバーが揃ったんですもの。心機一転新しいスローガンを打ち立てなければ。

D　常に状況を見定め先に進もうとするその姿勢、さすがです！　会長のことですから、もう何かお考えがあるんですよね。

C　ええ。ヒートテックです。

ABDE　ヒートテック⁉

C　ええ。私はヒートテックが世界を救うのではないかと思っています。「下にヒートテック着てるんですよ」「私もです」、寒い日にこんな会話を知人友人や職場の人と交わしたことはないですか？　その時の妙な盛り上がりをおぼえていませんか？　外見や年格好、着ているものはそれぞれ違えど、皆等しくヒートテックを内側に着ているという事実を共有した時の、その場のなごみ方には見過ごせない力があると思います。ヒートテックは肌着の進化系と言っていいもので、はじめ手を出すまでは少し恥ずかしい、しかし一度袖《そで》に手を通したら病《や》み付《つ》きになるその温かさ。しょせん私は弱い人間、利便性には勝てない。それにしてもなんでこんなに温かいのヒートテック。文明の進歩ってなんてすごい。今までの冬の寒さはなんだったんだ。

ああ温かいヒートテック。すっかり懐柔されてしまったそんな気恥ずかしい胸のうちを「ヒートテック着てるんだー」と解放し、気持ちと温かさを共有することで、あなたと他者の間に親和が生まれるのです。

個人のニーズを重箱のすみをつくようにして満足させることができるのが現代社会です。しかし細分化されるその一方で、他者との趣味《しゅみ》嗜好《しこう》の共有が難しいものとなっていく。このままでは私たち、満たされているようで、どんどん離ればなれ。その溝をやすやすと埋めることができるのがヒートテックなのです。しかもヒートテックは老若男女を問わない！

A　あっわたし今日ヒートテック着てるよ。（パーカーをめくって下に着ているヒートテックを見せる）

B　実はわたしも。

A　えっアヤカちゃんも。

B　うん、ママが下に着てたらユニクロだってばれないからって。

D　実は私も。

E　僕も。

C　（全員服の下に着ているヒートテックを見せ合って笑う）
ほらごらんなさい。「寒いね」と話しかければ「寒いね」と答える人のいるあたたかさ、という短歌が昔はやりましたが、これからは、「ヒートテック着てるよ」と話しかければ「私も」と答える人のいるあたたかさ、です。批判の精神も大切ですが、同時に他者との交流も大切なこと。私はそのことを少し忘れていたのかもしれません。せっかくこのような素晴らしい仲間ができたのですし、一度初心に戻るためにもしばらくの間スローガンを「ヒートテック着ています！」にしようと思います。お高く見える女優さんも、部下の気持ちがわからないと悩むお父さんも、皆「ヒートテック着ています！」でお茶の間職場の人気者へ。ヒートテックが日常を、そして世界を救う。ヒートテックチェンジザワールド。LOVE AND PEACE！
（空に向かって大きくピースサインを突き出す）

ABDE　会長～!!
（全員会長に抱きつく）

もうすぐ結婚する女

もうすぐ結婚する女を見に行った。

もうすぐ結婚する女はビルの最上階にいる。

もうすぐ結婚する女がいるビルは、大きな通りに面しており、はじめて訪《おとず》れる私でも、すぐに見つけることができた。

外壁はココアのような色をしている。溶け切らなかったココアの粉が表面に白く残ることがあるが、ココアをそこまで再現しているのが、もうすぐ結婚する女のいるビルである。壁には、うっすら白が浮いている。触らないけれど、触ったら手のひらがざらざらするだろう。通りに面した窓はすべて丸く、格子《こうし》が十字に入っている。一般的に、四角い窓と丸い窓のどちらがやわらかいイメージかといえば、丸い窓だろう。どちらがおちゃめかと問えば、丸い窓だろう。四角い窓は終始緊張状態にあるようなものだし。そしておちゃめな部分があるビルとおちゃめな部分がないビルだったら、おちゃめな部分があるビルの方が入りやすいに決まっている。私はもうすぐ結婚する女のいるビルに近付いていく。こんなフレンドリーなビルにいて、もうすぐ結婚する女は大丈夫なのだろうかと思いながら。

私はもうすぐ結婚する女のいるビルのエントランスに足を踏み入れる。うすうす感づいてはいたが、もうすぐ結婚する女のいるビルは、結構な古さである。こういう建物を昭和モダンと人は呼ぶのであろう。内壁はクリーム色の漆喰《しっくい》で、例外的に床から上一メートルだけが、深い緑色に塗り分けられている。筆ペンで書かれた入居者たちの名前が貼られた郵便ポストに、配電盤やぐねぐねしたコードが隠れていると推察《すいさつ》されるドアの付いた鉄の小さな箱など、壁に取り付けられたアイテムもまた、壁の大部分と同様クリーム色のペンキで塗られている。ご丁寧なことだ。もうすぐ結婚する女のいるビルは、慎《つつ》ましく、調和を守ろうという姿勢が感じられるところが好もしい。

特筆すべきは、フロアの中央にそびえ立っている石の階段であろう。階段はとても大きく、つるつるとにぶく光っている。たとえ実際は違う石が使われていたとしても、これは大理石だと断言したい。階段を真ん中にして左右に一つずつ部屋がある構造とはいえ、この階段のためにこのビルは存在していると言っても言い過ぎではないくらいの存在感である。黒い手すりがどこまでも従順に寄り添っている階段の色はくすんだ白、場所によっては灰色が混じり、まるで太古の恐竜の骨を思わせる。恐竜みたいだと言いつつも、特に恐竜にくわしいわけでもないので種類はわからないが、ずおーんと首が長い恐竜が私のイメージである。肉より草を食べていそうな恐竜である。やさしめな方である。恐竜は優雅に首を伸ばし、もうすぐ結婚する女がいる部屋まで私を連れていってくれるはずだ。

この前もうすぐ結婚する女と待ち合わせした。駅の北口に現れた一年ぶりに会うもうすぐ結婚する女は元気そうだった。改札を抜け、赤銅色の裸像前に佇《たたず》む私を見つけたもうすぐ結婚する女は笑顔になり、手を振りながら小走りでこちらに近付いてきた。もうすぐ結婚する女の笑顔には緊張感というものがかけらもなく、私はいつもつられて笑ってしまう。

もうすぐ結婚する女のことを私は中学生の頃から知っている。当たり前だが、その時はもうすぐ結婚する女ではなかった。もうすぐ結婚する女と私は同じ制服を着ていた。味も素っ気もなく野暮《やぼ》ったいブレザーにプリーツスカート。そのうえもうすぐ結婚する女も私もおしゃれや身だしなみに開眼するのが滅法《めっぽう》遅かったので、スカートの丈《たけ》は不格好に長く、不格好に長いということにも、もうすぐ結婚する女と私は気が付いていなかった。同じクラスで授業を受け、同じ時間に給食を食べた。学校に行くのが毎日楽しいというタイプでもなく、何がどうというわけでもないがなんだかだるいね、という気分を、もうすぐ結婚する女と私は同じ教室で共有していたのだ。

高校生の頃も知っている。同じ高校に進んだ生徒が少なかったので、もうすぐ結婚する女と私はさらに親しくなった。どちらかが先にバイトをはじめると、もう一人も遅れて面接を受けた。駅前のそば屋でバイトをしていた時は、そこは私が先にバイトをはじめたのだが、後から入ったもうすぐ結婚する女は、中学時代の反動かその頃ミニスカートしかはかない女になっていたので、店を牛耳《ぎゅうじ》る店長の妻に勤務中はやめてくださいと何度注意されてもミニスカート着用をやめようとせず、好き嫌いの激しい店長の妻に早々嫌われ、もうすぐ結婚する女の友達だということで真面目にズボンをはいていた私まで最終的に嫌われた。次のバイトは駅の裏側にあるカレー屋で、目がぎょろぎょろでかく態度もでかいおじさん店長が、気の弱そうな常連さんのことを「ああいう人見てるとかわいそうになるよね」などと陰でえらそうに言うのが内心とても嫌いで、内心どころか態度にかなり出ていたらしく、その頃のもうすぐ結婚する女が、「あんた、店長に嫌われてるみたいだよ、パートの岡田さんが言ってたもん」とわざわざ報告してくれた。そのバイトも二人で辞めた。思春期のバイトは短命である。しかしもうすぐ結婚する女と私がはじめて接した外の世界だった。もうすぐ結婚する女が隣にいて、私はとても心強かったし、もうすぐ結婚する女にとっても私がそうであったならいいと思う。

高校卒業後は別々の道に進み、社会生活の拠点《きょてん》をもうすぐ結婚する女も私も転々としたが、それでも半年に一、二回は必ず会っていた。そしてある時、もうすぐ結婚する女は、もうすぐ結婚する女になったと私に告《つ》げた。もうすぐ結婚する女が結婚するなんて、そして仕事帰りの居酒屋でそのことを報告されるなんて。私は自分がすごく大人になったような気がした。今までも職場の同僚が結婚することはあったが、それはまったく現実味のない、自分にはまったく関係のない結婚だった。もうすぐ結婚する女の結婚は違う。まるで自分が結婚するぐらいの鮮烈《せんれつ》さがある。自分の成長を、そしてもうすぐ結婚する女の成長を讃《たた》え、その日私は上機嫌で飲んだ。大人になるのはいいものだと思いながら。いつの間にそんなに酒に強くなっていたのか、もうすぐ結婚する女も杯をどんどん重ねた。

週末に迫ったもうすぐ結婚する女の結婚式のため、私は髪を染めることにした。髪を染めると脳が溶けるとホームルームで担任教師が戒《いまし》める世代に育った私には、今まで髪を染めるという発想はなく、これははじめての試《こころ》みである。黒髪では、私のハレの気分を、もうすぐ結婚する女への祝いの気持ちを表現し切れない。その日着るドレスもパンプスもバッグも新調した。今新調せずにいつするというのだ。できる限りのことはしたい。とはいえ、私も立派な社会人だ。いくらハレと言ってもピンクのアフロ等次の日からの仕事に影響が出る髪型髪の色は困る。担当になった美容師さんと相談した結果、私の髪は少しだけ明るい茶色になることになった。たいした変化はないかもしれないが、もうすぐ結婚する女なら私の真意をわかってくれるはずだ。

今私の頭はラップでぐるぐる巻きである。染髪液が頭に染みて少し痛いが我慢である。隣の席にはおばあちゃんと呼んでも誰も私を非難しないだろう年配の女性がいて、パーマをかけてもらったばかりの髪を乾かしてもらっている。短く整えられた真っ白の髪が、若いメガネ男の操《あやつ》るドライヤーの風でふわんふわんと揺れ、すごくきれいだ。私は鏡越しに見とれた。あの髪の中で眠ったらさぞや気持ち良いことだろう。私は最近白髪が増えてきた。はじめはたまに一本見つかるぐらいで、その度抜いていたのだが、そのうち遭遇率《そうぐうりつ》が高くなり、群生しはじめた。白髪の群生地を見つけた時の気分は暗い。いっそのこと隣のおばあちゃんみたいに真っ白になったらいいのに。美しいのに。今の私ぐらいが何より汚い。どうにもならない。どれだけ待てば、あれぐらい真っ白な髪になれるのだろう。私はもっと年をとりたい。もっとすっきりと年老いたい。今のこの中途半端な時期を飛び越してしまいたい。けれど私の白髪まじりの髪の毛が染髪液の奥に隠れ、少しだけ明るい茶色になったら、白髪問題のことはしばらく忘れていられそうである。少しの間ごまかしごまかし生きるのもいいのかもしれない。もうすぐ結婚する女の結婚式のおかげで思わぬ副産物である。

最上階と言っても五階である。郵便ポストでも確認したから確かである。この世界にあるすべてのビルが、もうすぐ結婚する女のいるビルのようであって欲しいと私は願う。都会のビジネス街などににょきにょきと立つ全面ガラス張りの、いわゆる高層ビルと呼ばれるようなビルを私は好まない。あんなに背を高くして、いつかバベルの塔のように神様からの天罰が下るのではないかと私はひやひやする。そしてあのような高いビルを建てたのは決して私ではないのに、一度も賛同を表明したことなどないのに、その時私も一緒に天罰を受けるはめになるだろう。高層ビルにゴーサインを出したやつらだけを神は狙いうちしてはくれないだろう。まったく散々な話である。私を巻き込まないでほしいと言ったところで誰も聞いてはくれないだろう。頭がおかしいと思われるのが関《せき》の山《やま》だろう。だから私はだまっている。だまっておかしいと思っている。

　だいたいあのような地面から遥か遠いビルで働いている人々は大丈夫なのだろうか。どういう心持ちで日々働いているのだろうか。ある時見たアニメ映画では、それは炭鉱で働く感心な少年のもとに、ある日不思議なペンダントを付けた少女が空から降ってくるのだが、その空から降ってきた少女は、人間は土から離れては生きられないのよ、と切々と訴えていた。それ以来、高い建物に上った時や飛行機に乗った際などに、その少女のセリフがぱっと頭に浮かぶようになった私は、ああ、しまったと自らを危険な場所に連れてきてしまった自分の軽率な行動と流されやすさを恨み後悔するようになり、またこのアニメ映画が何度もテレビで再放送され、そして私も夕飯なんぞを食べながらつい毎回見てしまうため、戒めを私は何度もすり込まれる。人間は土から離れては生きられない。まったくその通りである。

それなのに高層ビルに職場を持つ者たちは、あのような危険極《きわ》まりない高度のビルの中で、毎日毎日朝から晩まで働き続けているのである。彼らは正気なのだろうか。私にはとてもできない。とてもとてもできない。よしんば私が心に鋼鉄の鎧《よろい》を身につけ何気ない風を装《よそお》って高層ビルで働くことがあったとしても、ある日急に自分がいる場所の高さにはっと思い至り、その瞬間両の足もはっとすくみ、そこから一歩も動けなくなるだろう。私はその場にしゃがみ込み二度と顔を上げることができない私をやすやすと想像することができる。同期入社で一番仲が良い同僚のユミちゃんが困った顔で、顔を上げないままの私の手を引き、ビルのエントランスまで送り届けてくれることになるだろう。私のかばんをもう片方の手に持って。そして私はさっきまで自分の職場であった高層ビルと、ピンヒールがとっても良く似合うかわいい同僚に永遠の別れを告げるだろう。フェアウェル。私とあなたたちの道は再び交わることはありません。そんなお間抜けな結果になるのは目に見えている。天変地異や不測の事態に見舞われた時、自分の力が及ばない自分ではどうすることもできない場所にはできるだけいたくない、と常日頃から私は思っているのだが、社会生活を営んでいるとなかなかそういうわけにもいかず、また、自分の力が及ぶ場所、自分でどうにかできる場所などいざとなったらどこにもないため、はがゆいばかりである。

もうすぐ結婚する女と毎日会う。ほとんど週五で会う。もうすぐ結婚する女と私は違う派遣会社に登録し、同じ職場を紹介された。全盛期をとうに過ぎた文化施設の総合案内係として働いている。もうすぐ結婚する女と私は同じ制服を着ている。制服は、シェイプされたデザインの、黄緑と黒の格子柄のワンピースで、どうにもならない代《しろ》物《もの》である。分厚い化《か》繊《せん》一〇〇%の生地はごわごわしていて、愛着の持ちようがない。寒くなると同じ柄同じ素材の短いジャケットを上にはおるのだが、肩幅が狭く作られているので肩が凝《こ》ってしょうがない。夏場は半袖《はんそで》のワンピースに衣替えをする。長袖よりもゆったりしたデザインなのでこれで少しはましになるかと思いきや、裏地がしっかり縫い付けられているので、非常に暑い。まるで地獄のような制服である。もうすぐ結婚する女と私はよく制服の悪口を言い合う。普段着よりも着ている時間が長いくらいなのだ。いくら言っても言い足りることはない。制服をにくんでいる、という点において、私たちは同志である。

夏はストッキングをはかなければならない。私はストッキングが嫌いである。蒸れることとかゆいことも見過ごせない問題だが、一番我慢ならないのは耐久性が弱く、すぐにやぶけることだ。物を手に入れるにはお金がかかり、お金がかかるのならば少しでも長持ちしてほしい、というのは人情であろう。それなのにストッキングはこちらの気持ちを軽々と踏みにじる。気が付けばやぶれている。伝線している。指にささくれでもあろうものならすぐにも大惨事である。ワークウェアとしてはどう考えても不向きなのである。それにお金を稼ぐ場所で、継続的な出費があることが私はストレスでならない。私は稼ぐためにここにいるのに。ストッキングなんてよくわからないもののために、私が稼いだお金がちゃりちゃりとこぼれていくのをどうすることもできないなんてなんだか馬鹿みたいだ。はじめは五足五〇〇円の物を使っていたのだが、これは本当に耐久性がなく、一回はくと駄目になることも多く逆に不経済だという結果になり、もちろん三〇〇円以上のストッキングは考えるまでもなく経済的に不可であるので、普段使っているのは、五足一〇〇〇円のものである。この商品を隣町の薬局で見つけた時は光り輝いて見えた。一足二〇〇円のストッキングを私は極限まで使う。ちょっとのほつれならば、すぐさまネイルエナメルを塗って、それ以上被害が進行するのをくい止める。何度もはき洗濯を繰り返したストッキングは、少しずつ緩《ゆる》くなる。やわらかくなる。けれど確実に終わりはやって来る。主に露出する足部分が奇跡的にいつまでも無傷であっても、スカートの奥で見えない股《また》の部分が先に駄目になる。ありえないくらい薄くなったそれは、まるで繊細《せんさい》な蜘蛛《くも》の巣のようである。トイレでストッキングを下ろし、便座に腰掛けた私は、たまに目の前にある蜘蛛の巣に見とれることがある。よくここまで持ったものだと感動さえする。もういいだろう。このストッキングはよくやった。そうして一足駄目になるたび、二〇〇円の損、二〇〇円の損と心の中でカウントする。夏の間私はストッキングの消費のことばかり思い煩《わずら》い、秋になるのを待ちこがれる。そうすればタイツをはくことができる。タイツは耐久性があり、長持ちする。私が本気になれば、タイツ一足で越冬することだって容易《たやす》いことだ。

「今日も死んだよ」

館内を巡回していたもうすぐ結婚する女が、受付カウンターにいる私に近付いてきて言う。

「えっ、また」

「そう、ご臨終」

もうすぐ結婚する女と私は受付カウンターから離れ、エントランスホールに置かれている水槽の中をのぞき込んだ。

最近毎日魚が死ぬ。二週間程前、水槽の清掃メンテナンスをしてくれた業者さんは、新しくなった水に合わない魚が死ぬかもしれないですがそれは自然なことです、と言い残し、私たちは、ふーん、ぐらいの気持ちでいたのだが、この死にっぷりは本当に自然なことなのだろうか。いくらなんでも死に過ぎではないだろうか。水面には、よれた魚が一匹浮かんでいる。

「うわっ、あのぐるぐる回ってたやつだ」

「そうそう、ようやく止まれたね」

死ぬ魚というのは、少し前からわかるものである。まず体の周りにもやみたいなものが付着しだす魚がいる。泳ぎ方が変になる魚がいる。斜《なな》めに傾き静止している時間の方が長い魚がいる。新しくなった水のせいかなんなのか以前より凶暴になった魚につつかれ怪我をしている魚がいる。そう思ったら、次の日、その魚は死んでいる。今日死んだ魚は、ほかの魚につつかれたのか目に怪我をしたせいでどうやら平衡感覚に異常をきたし、普通に泳ぐことができなくなった。水槽内を狂ったように旋回《せんかい》し続けていた魚である。止まることもできずぐるぐるぐるぐる回転し続ける様《さま》は、こちらも見るに耐えないいくらい苦しくなるし、楽しむためにやって来た来館者にとっても異様だっただろう。わざわざ死にかけの魚を見るために入館料を払ったわけでもあるまいに。水槽を見た来館者たちはだいたい無言となって、気を取り直すようにエントランスホールから奥へと消えていく。けれど奥には地味なアトラクションが待っているだけであるし、受付係からすると申し訳ない限りである。さみしくなるほどぺらぺらと浮かんだ魚をほかの魚がつついている。

「魚の世界、過酷《かこく》だよね」

「ね、やばいよね」

もうすぐ結婚する女と私は死んだ魚を見つめた。どんなに小さい死でも、目の前にあると、それはやっぱりまごうことない立派な死だ。

「山崎さん、呼ぼうか」

もうすぐ結婚する女は我に返ったように言うと、受付カウンターへと戻りはじめ、私もすぐ後を追った。内線で事務所に電話し、魚がまた死んだことを告げる。すぐに男性社員の山崎さんが魚を引き上げに来てくれるはずだ。シャツを腕まくりしながら。

もうすぐ結婚する女と私は受付カウンターのイスに並んで座った。平日の昼間は来館者が少ない。週末も少ないが、平日はさらに少ない。この国が嘘みたいに好景気だった頃どさくさにまぎれたようにオープンしたこの文化施設が、だいぶ前に泡が砕け散った現在も存続していることが不思議である。つまり暇なのである。正面玄関のガラスの向こう側を左右に行き交う人々をぼんやり眺めていると、横でもうすぐ結婚する女が、ふとももとひざのあたりを、両手で軽くさすっている。暇すぎて手持ち無沙汰《ぶさた》なのかなと思いながら、何してるのと聞くと、

「ストッキングなでてると落ち着くから。あの水槽見てるとなんか不安になるよね」

もうすぐ結婚する女は照れたように言う。

「えっ、私、ストッキングすごく嫌いなんだけど。この世に存在しなければいいのにと思うくらい」

「そう？　足がさらさらになって気持ちいいよ」

もうすぐ結婚する女はふとももをさわさわと触った。そんなこと考えたこともなかった。私は自分のふとももを触ってみた。確かにストッキングをはいた私の足はどんな時の私の足よりさらさらしていた。そんなこと考えてみたこともなかった。


今日はもうすぐ結婚する女のビルまで自転車でやってきた。駅にしてだいたい五駅分の距離である。ちょっとした運動だったが、せっかくの休みの日にバスや電車を利用したくなかった。公共の乗り物は、いざという時に逃げ出しにくい。それらは私の意志ではなく、運転手の意志で動いているからだ。それに同乗者たちとコンセンサスがとれる気があんまりしない。だいたい人間というものは、てんでばらばらのことを思っているものだ。不測の事態において、同乗者が皆思い思いに行動した結果、悲しい結末が訪れる可能性は容易に想像できる。アクション映画でもホラー映画でもだいたいそうだ。だから公共の乗り物には必要以上に乗りたくないのだ。地下に潜《もぐ》る地下鉄なんて、さらに関わりたくないものだ。もうほかに場所がなかったのだと思うが、新しくできた地下鉄など深いところにありすぎではないだろうか。もし何かあったとしても、こんな所まで潜ってきたおまえが悪いと逆に言われそうである。最初からわかっていたことではないかと。こんな所まで上ってきた、下ってきた、おまえが悪いと。

恐くないのだろうか。私はよく思う。

みんな恐くないのだろうか。

私には、世の中のある種類の人々が皆、とてもとても勇敢《ゆうかん》に思える。そしてとても恐い生き物のように思える。あまりにも勇敢すぎるからだ。勇敢であるということは、何も考えていないということではないかと、私は勘ぐる時がある。なぜどこまでも高くビルを空高く天まで届かせようとするのか。天まで届くべきものは、例えば人の心の中にある希望や夢など、そういった形がないものであるべきで、形あるものを本当に空に届かせようとする行為など、気持ち悪いとは思わないのだろうか。私はどこにいる時も、自分がいる階数をしっかり感じていたい。高い階数にいる時は、そこは本当は恐い場所だと、不安定な場所だということを忘れずにいたい。

そう考えるともうすぐ結婚する女はさすがである。五階というのは、高すぎず低すぎず非常にちょうどいい。もうすぐ結婚する女について私が気に入らない部分は、今のところ何一つない。感心することしきりである。

もうすぐ結婚する女のいる五階を目指して、私は階段を上がりはじめる。恐竜の機嫌を損なわないよう慎重に足を進める。仕事柄普段は猫背気味の私であるが、今ばかりは背筋がぴんと伸びる思いがする。

電車でもうすぐ結婚する女の隣に座った。ひざの上に広げていた雑誌が結婚情報誌だった。はじめ隣に座っていたのは、もうすぐ結婚する女ではなく、若い男だった。若い男は、自宅に豪華なステレオセットを据えたオーディオルームがあり、体が沼のように沈み込むソファでワイン片手にクラシックを聴くならぴったりであろう大げさなヘッドフォンを頭に装着し、携帯ゲームに没頭していた。男はけれど電車の座席を豪華なソファだと思っていたのかもしれない。深々と腰かけた様がまるで社長並に堂々としており、つまり隣に座っている私にとってものすごく邪魔だったからだ。男の体が密着した状態であるうえに、ゲームをプレイしている男のひじが微細に震え続け私の腰にアクションし続けている。不快感を表明しようと、わざとらしく腰を避けてみたり、ゲーム機を横目でのぞき込んでみるなど最善は尽くしたが、男の長い前髪とヘッドフォンによって完璧に遮断《しゃだん》された。無念である。ただでさえメールが来なくて心もとない気持ちの私に追い打ちをありがとうと言いたい。三つ目の駅で男は席を立ち、今度は前に立っていたベージュのジャンパーの男が空いた座席を占領する意志を見せた。男は左右の距離感とバランスを気にする様子もなく、ぼすんっと威勢《いせい》のいい音を立て座った。案の定私のふとももに男のふとももが思いっきり当たる。私はこれみよがしに距離を取ろうと試みるが、男は限られた空間の中私がなんとか捻出《ねんしゅつ》したエアポケットまでも侵食し、自分にとっての快適空間をさらに拡張しようとする。これが理不尽ではないというなら何が理不尽だと言うのだ。気持ち悪い。男の体が触れることだけが気持ち悪いのではない。こちらの不快感が一切伝わらない、そのことが気持ち悪いのである。男はスポーツ新聞を大きく広げる。落ち着かない。だいたいこんなに足を広げて座る意味がわからない。何のために筋肉があるのだろうか。しかもメールが来ない。私のかばんは微動だにする気配もない。私は男に触れずにすむよう浅くイスに腰掛け直し、そこで思い直した。男を見据えながら、ちゃんと空気を乱すように立ち上がる。男は驚いたように、こちらを見た。少しでも気持ち悪さが伝わればいい。私は前の車両へ移動した。そしてそこにもうすぐ結婚する女がいた。

もうすぐ結婚する女の隣は快適だった。足も開かないしこちらに侵食してこない。いい距離感が保てている。私は安堵した。もうすぐ結婚する女は結婚情報誌をひざの上に広げている。体をひいて、広げてあるページをもうすぐ結婚する女の肩越しに見ると、ピンクや白がぼわぼわとこちらに迫ってきて、どこに焦点《しょうてん》を当てていいのかよくわからない。そっちに行きますか。心の中でもうすぐ結婚する女に私は語りかける。女同士で座っている方がこんなにも快適なのに、そっちに行きますか。ひざの上のかばんが振動した。手を突っ込み携帯電話を引っ張り出すと、メールが届いていた。いそいで確認したが、メールは友人からのものだった。これはカウントされない。このメールはメールではない。この一週間、メールは一通も来ていない。私は返信を後回しにして、携帯電話をかばんに戻した。もうすぐ結婚する女はあいかわらず分厚い雑誌を熟読し、気になる箇所に付箋《ふせん》を貼っている。もうすぐ結婚する女の左手はピンク色の付箋を握りしめている。女同士で座っている方が快適なのに、どうしてメールを待ってしまうのだろう。この年になってまだメールを待っているなんて。もうすぐ結婚する女はもうメールを待ったりしなくてもいいのだろうか。安心してピンクと白の雑誌をめくっていられるのだろうか。もうそれだけでうらやましい気がした。

　階段を一段一段上がりながら、私は考える。自分の部屋の中で、もうすぐ結婚する女は、どんな表情を浮かべているのだろう。五階は落ち着くわね。やっぱり五階はいい高さだわ。などと思っているのだろうか。そうだとしたらもうすぐ結婚する女と私はなかなか話が合いそうである。それともエレベーターがなくて毎日不便でしょうがないわ、と思ったりしているだろうか。確かに五階建てでエレベーターがないもうすぐ結婚する女のいるビルは、近頃めずらしいと言える。三階にさしかかった私の呼吸は少し乱れている。しかしこれがもうすぐ結婚する女のいるビルのチャームポイントでもあるわけだし、それに一方で私は、もうすぐ結婚する女のいるビルにエレベーターがないことに安心してもいる。短時間とはいえ密閉された小さな鉄の箱に閉じ込められるのだから、エレベーターもまったくもって苦手なものである。しかもその箱が動くのである。エレベーターが上下する間、特に降下の時だが、どんなに心構えをしていても、お腹の奥の方で、居心地悪く不愉快な感覚がある。遊園地によくある一直線に降下するフリーフォールやバンジージャンプなど、挑戦する人の気がしれない。しかも時として、エレベーターの中で男と二人きりになることがある。ああいう時は本当に心細い。今エレベーターが突然停止してこの人と閉じ込められたらどうしよう、それともこの人が何か奇行《きこう》に走ったらどうしよう、と気が気でない。このような臆病《おくびょう》者《もの》の私にとって、はなからエレベーターがないという今の状態は、むしろ落ち着く。階段ならば、私はただ穏やかな気持ちで一歩一歩用意された道を上っていけば良いのだ。オズの魔法使いの黄色いレンガの道のように。階段は、確固として人を不安にさせることがない。閉じ込められることもない。理不尽な速さで落下することもない。何事かあったとしても、私は階段を駆け下りればいいだけだ。もうすぐ結婚する女にも颯爽《さっそう》と階段を駆け下りてもらいたいものだ。自分の速度で。踊り場にある窓から外を見ると、隣町にできたばかりの大きなショッピングモールが目に入った。複合型アミューズメントパークと銘打《めいう》たれたこのショッピングモールには、たくさんのお店のほか、子どもが楽しめるゲームセンターやボウリング場もあり、映画館も隣接している。一度行ったことがあるが、モール内は人類に影があることを忘れるくらい明るく、どこかにあるはずのスピーカーから楽しげな音楽が絶えず流れていて、こんなに店があるのに、好きな店が一つもなく、欲しいものも一つもないことが不思議だった。子どもたちの高い声が天井のドームに反響し、さながら阿鼻叫喚《あびきょうかん》状態のフードコートの中で、私は生搾りオレンジジュースを一杯飲んで帰った。ジュースはとてもおいしかった。

最後までもうすぐ結婚する女がもうすぐ結婚する女だと私は知らなかったのだが、もうすぐ結婚する女と同じグループになった。もうすぐ結婚する女は私の横でネギを刻《きざ》んでいた。なかなかいい手つきだった。まずは正面の作業台を囲んで、先生の説明を聞いた。先生は料理研究家としてひとかどの人物であるらしく、著書も何冊も出ているらしい。仕事帰りに前を通ったビルに料理教室の看板があり、キャンセルが出たので当日受付をしているということだったので、ふらっと気が向いた私は参加してみることにしたのだが、もうすぐ結婚する女はこの料理研究家のファンで、興奮に胸を熱くしながらかなり早い段階で料理教室に申し込み、今日はかばんの中に料理研究家の著書を持参し、もし機会があればサインしてもらおうと思っていた。説明が終わると、人数分の材料ときちんと計量してある調味料が用意された作業台に四人一組として適当に割り振られた。調味料のボトルからはラベルがはがされブランドが特定できないようになっている。もうすぐ結婚する女と私のほか二人は友人同士らしく、小さく笑いながら作業を開始した。もうすぐ結婚する女はいきなり知らない人と打ち解けて話すタイプではなく、配られたプリントとさっき料理研究家が見せたお手本を頼りに、もくもくと作業を進めている。ネギと包丁がいいリズムを刻んでいる。もともと仕事帰りに短時間で参加できるビギナーズクラスだったので、あっという間に調理は終了した。和風オムレツときのこスープという私にしてみれば雑作《ぞうさ》もないメニューだったが、初心者である真の受講者たちの華《はな》やいだ気分は、少なからず私にも伝染したように思えた。自分の力で完成させた料理をしずしずとテーブルに運ぶと、皆一様にかばんからデジカメや携帯電話を取り出し、料理の撮影会がはじまった。きっとブログなどで公開するのだろう。それだけでは飽きたらず、正面の作業台に置いてあるラップがかかった先生のお手本さえ写真に収めている人がいた。ラップは料理の熱でくもり水滴が付き、ほとんど奥の料理は見えなかったが構わないらしい。皆収めたいし、残したいのだ。喧噪《けんそう》の中、もうすぐ結婚する女は、自分が完成させた料理の写真を一枚だけ携帯に撮ると、食べはじめた。私はもうすぐ結婚する女もブログに写真をアップするのだろうと思ったが、実のところもうすぐ結婚する女はブログをやっていなかったし、その写真は帰りの電車の中で婚約者にメールで送られた。しかし当然のことだが、本人か誰かほかの人に申告でもされない限り、ぱっと見その女がもうすぐ結婚する女かどうかはわからない。

四階。もうすぐ結婚する女までもうすぐである。何も知らないもうすぐ結婚する女は、窓を開けて換気でもしているのだろうか。新しい空気を胸いっぱい吸い込み、ビルから見えるなじんだ風景を見つめ、ベランダを訪れる鳥たちにパンくずでもあげているだろうか。五階からの景色というのはさぞや美しく、ちょうどいいことだろう。これ以上でもこれ以下でも何かが過剰《かじよう》に、または物足りないことになるはずである。それより上は、じわじわと高さへの恐怖感が湧くであろうし、それより下は、下界に近付きすぎるため、見える景色が騒がしいものになる。なぜ私が五階にこんなにもくわしく、思い入れがあるかと言えば、それは何を隠そう私が五階で育った女であるからだ。

幼少期家族で住んでいたマンションは八階建てだった。そして私の家族が住んでいたのは五階だった。現在、私の許容範囲が八階に設定されているのも、幼少期暮らしたマンションの影響が大きいと思われる。九階はまだ大丈夫な気がするのだが、二ケタになるともう駄目である。一〇階以上の建物になると、私の心は縮こまる。アルマジロのように丸く固まり、ハリネズミのように針を出す。

あのマンションに住んでいた一五年間、私たち家族にも、そしてマンションの他の住人たちにも、恐ろしいことは何も起こらなかった。旦那の浮気進学問題管理人に隠れて猫を飼っているのでチャイムが鳴る度ひやひやするなど各家族なりの問題はあっただろうが、住んでいる建物に対して大きな問題はなかった。せいぜいマンションの管理会議で、一階の弁当屋のにおいはどうにかならないのかという議題が、弁当屋の上二階分、つまり三階までの居住者たちから提出されるくらいであった。

マンションの一階には二軒ほどテナントが入っていたのだが、その二軒のうち左側の店は、マンションの四階に居を構える奥平家の奥さんがママを務める喫茶店「マロニエ」だった。

店には、セラミック陶器の愁《うれ》いを帯びた表情をした少女の人形が飾られ、化粧室のドアノブには、小花柄キルト地のひらひらしたカバーが付けられていた。コーヒーは雰囲気のある伊万里焼《いまりやき》のカップ、紅茶はリバティプリントの可憐《かれん》で華やかなカップアンドソーサーで供された。いずれも奥平家の奥さんがこつこつワンセットずつ揃《そろ》えたもので、今日はどんなカップかしらというのも、「マロニエ」を訪れる主婦たちの秘《ひそ》かな楽しみであった。また学校から帰宅した子どもたちが、あれっ誰もいないとドアの前で困惑しても、あそこかなとすぐに一階まで階段を駆け下り、店の扉をカランコロンカランと勢いよく開けては親子の再会を果たすことも容易にできる、ストレスレス、ピースフルな場所、それが「マロニエ」だったのだ。

ママである奥平家の奥さんは、ぐりんぐりんの茶髪パーマ、いつでもアイメイクばっちりで、マンション中の主婦たちが入れ代わり立ち代わり現れてはぺっちゃくっちゃマンション内のうわさ話やファミリーアフェアをしゃべり続ける中、しなやかに店内を移動し、私の母を含む数名の主婦たちが編み込んだおしゃべりのアーチにそっと手を差し入れると、アーチの下でマンガ雑誌を抱え読んでいる私の前にすばやくコルク製のコースターを敷き、クリームソーダを置いてくれた。

そのマンション中の主婦たちのオアシスだった「マロニエ」がクローズした後にオープンしたのが、弁当屋なのである。奥平家はある日、私たちのマンションを、そして私たちが住む町を去っていった。弁当屋は外部の人たちだった。管理会議で弁当屋のにおいに言及した二〇四号室の三村家の奥さんや、三〇五号室の岡田家の奥さんは、弁当屋のにおいなんて本当は二次的なことで、結局のところ、「マロニエ」の消失に対して何か墓標に刻みたかったのではないだろうか。失われた喫茶店と失われた私たちの時間。そうして私と私の家族もある時あのマンションを去った。私は今一人で暮らしているし、家族もそれぞれ暮らしている。

もうすぐ結婚する女のいるビルは、私がすっかり忘れていたことを思い出させる。

セラヴィ。思えば遠くに来たもんだと遠くを見つめる夕暮れは、もうすぐ結婚する女にもあるのだろうか。私にはあるのだが。あり過ぎるくらいなのだが。何にしろ、もうすぐ結婚する女は、きっと私よりは幸せな気持ちでいることに違いない。なぜならもうすぐ結婚する女は、もうすぐ結婚するのだから。

もうすぐ結婚する女の毛を抜いた。もうすぐ結婚する女が私の働く店に現れたのはこれで三度目だろうか。私は脱毛サロンで働いている。レーザー脱毛などが世の中では主流になってきたようだが、細かい作業が昔から病的に好きな私は、毛を一本一本抜くことができる電気脱毛を専門とした店で働いている。広い範囲にレーザーをあてる仕事など私には消化不良である。顧客のほとんどが女性だ。はじめて訪れた人には毛の成長サイクルと脱毛の流れを説明し、それから施術台《せじゅつだい》に横になった女たちの望む場所の毛を一本一本抜いていく。微少とはいえ体に電気が流れるのだから、針が体に差し込まれる瞬間、皆体をきゅっと硬くする。そして実際電気脱毛は少し痛みをともなう。それでも店にはひっきりなしに客がやって来る。当然だろう。この痛みを我慢すれば、これまで孤軍奮闘してきた毛との戦いに終止符を打つことができるのだ。一体これまでどれだけの時間が毛に費《つい》やされてきただろう。今まで脱毛に費やした時間をまとめたら、二泊三日の旅行ぐらいできるのではないだろうか。もしかしたらもっと長い旅行も可能かもしれない。まったく不毛なことである。だいたい自然に生えるものを、ないことが普通、ないことが美しい、とする価値観はなんなのだ。誰がいつ決めたのだ。思春期の頃からそのことを不思議に思いつつも、私は抜いて剃《そ》り続《つづ》けた。毛はけれどすぐに生えてきた。これからずっと死ぬまでこの調子かと思うと気が遠くなりそうだった。そのうち私は毛を抜くこと自体に夢中になった。ピンセットでつまむと毛がすっと根元から抜ける感覚、そして抜いていくうちに、毛のない土地がだんだん広がっていくことに病《や》み付《つ》きになった。同じ趣向から草抜きなどの作業も私は好きだった。

　そして何の因果か今も毛を抜き続けている。いつの間にか同僚には年下の者が多くなった。毎日毛ばかり抜いているとさすがに馬鹿らしくなることもある。でもあいかわらず毛を抜くことは刺激的だ。視力は落ちていくばかりだが、私の腕はまだまだ衰《おとろ》えない。毛を抜いている間、私は女たちと様々な話をする。痛みから少しでも気を逸《そ》らしてもらうために。そうしてもうすぐ結婚する女がもうすぐ結婚する女であることを知った。

　もうすぐ結婚する女は計画的だった。来年結婚することが決まったもうすぐ結婚する女は、肩と背中の出たウェディングドレスを着るために脱毛サロンに通いはじめた。範囲の広い背中の処置のため、レーザー脱毛のサロンに通い、同時に同じ店でわきの脱毛をはじめたのだが、だいぶ薄くなってきたので、仕上げとして私の働く電気脱毛の店にやってきたのだ、と仰向《あおむ》けになり片腕を上げた背泳ぎの途中のようなポーズでもうすぐ結婚する女は言う。一生に一度の結婚式のため、もうすぐ結婚する女がどれだけこだわり、何一つぬかりないよう準備を進めているか、もうすぐ結婚する女はきびきびと話してくれる。先月はウェディングドレスを選ぶため、わざわざフランスにまで行ったらしい。私にはないエネルギーだ。財力もない。もうすぐ結婚する女と私が話すのはだいたい一ヶ月から二ヶ月に一度だが、もうすぐ結婚する女は着実に夢の結婚式を実現しようとしている。列席者に手渡す金平糖《こんぺいとう》を予約注文するため、先週は京都に日帰りで行ったらしい。つくづく私にはないパワーだと思う。もうすぐ結婚する女のようなパワーがもし私にもあったら、今頃こんな所でちまちま毛など抜いていないだろう。これはこれでいいのだが。もうすぐ結婚する女のわきの脱毛はもうすぐ完了する。

五階もほかの階同様階段を真ん中にして左右に部屋があり、右側にあるのがもうすぐ結婚する女のいる部屋のようだ。今、私は、もうすぐ結婚する女と同じフロアにいる。つまりもうすぐ結婚する女と同じ高さにいるのだ。もうすぐ結婚する女がいるはずの部屋の前に、私はゆっくりと立つ。もうすぐ結婚する女と私を阻《はば》んでいるのはクリーム色に塗られた鉄製のドアだけである。普段ピンポンと呼んでいるのでインターホンという呼び名をすぐに忘れてしまうが、とにかく私はもうすぐ結婚する女の部屋のインターホンを押した。ドアの向こうで人の気配と足音が近付き、がちゃがちゃと重い音をたてながらドアが開いた。もうすぐ結婚する女が現れ、私と目が合った。

驚いたことに、もうすぐ結婚する女はマスクをしていた。もうすぐ結婚する女の顔下半分は、マスクに覆《おお》われていて顔の全体を把握《はあく》することが難しい。私を認識したもうすぐ結婚する女の目が大きくなった様子から察するに、どうやらもうすぐ結婚する女は私の突然の訪問に驚いているようだった。少しの間、もうすぐ結婚する女はぼんやりと私の顔を見つめていた。もしかしたら口の動きだけで私に何かを伝えようとしていた可能性はあるが、いかんせんもうすぐ結婚する女はマスクをしていたので、私が読唇術を取得していたとしても役には立たなかっただろう。私たちはしばらく見つめ合った。

もうすぐ結婚する女が部屋にいる。ひざの上にクッションをのせ、テレビを見ている。もうすぐ結婚する女は私より二歳年上である。私が生まれてから最も多くの時間をともに過ごしたのが、もうすぐ結婚する女である。家族のアルバムにも二人並んでじゃれあって写っている写真ばかりである。まるで二匹の子グマのように。もうすぐ結婚する女と私の間には、これまでに何度も血みどろの争いが繰り広げられた。肉体的な意味でも、精神的な意味でも。私は幼稚園の頃もうすぐ結婚する女が道で拾った木の棒で私を思いっきりなぐったことを忘れたことがないし、もうすぐ結婚する女の足の裏には、私が落としたのだが拾うのが億劫《おっくう》でついそのままにしていた鉛筆の芯《しん》を踏み、ささった跡が今も残る。そして侵入と譲歩、黙殺を繰り返しながら年を重ね、お互いの距離感もわかり二人の関係が安定してきた矢先、もうすぐ結婚する女はもうすぐ結婚する女になっていた。

もうすぐ結婚する女になってから、もうすぐ結婚する女の声は甘くなった。ほかの人にはなんら変わらないように聞こえたかもしれないが、私にはわかった。もうすぐ結婚する女の声は、私の胸の奥に眠る、牛乳のババロアのような甘さだった。

幼い頃、日曜日のおやつの時間、母はよく手作りのお菓子を作った。横着でせっかちの母にしてはよくやってくれたと思う。型抜きクッキー、ヨーグルトケーキ、オレンジプリンなど、バリエーションはそれなりにいろいろあったが、その中に牛乳のババロアがあった。ババロアには、イチゴやキウイなどの果物が細かく刻まれてから投入され、それらの果物を牛乳ゼラチン生クリームと一緒にかきまぜた時に溶け切らなかった砂糖が、型の底に沈殿《ちんでん》した。つまりババロアが固まってお皿の上にひっくり返され、いざ私たちが食べるという段には、ババロアの上部に、その溶け切らなかった砂糖が残った。その上の部分が、とてもとても甘かったのだ。頰張るとじゃりじゃりし、陶然《とうぜん》とする程の甘さで口の中を満たした。もうすぐ結婚する女と私はいつも、母が作ったババロアを食べると魔法にかかったようにぼんやりしてしまい、しばらく夢うつつで時間を過ごした。少し変色したレモン汁のような色をした日曜の午後は、その後琥珀《こはく》色《いろ》へと緩やかに色を変えた。横に投げ出されたもうすぐ結婚する女の細い足をおぼえている。私は琥珀の中につかまったミツバチのように、過去も未来も知らない子どもだった。未来を思うことなんて、自分の未来を不安に思うことなんて、あの頃の私は一度もなかった。もうすぐ結婚する女だってそうだったはずだ。いつも隣で、私と同じ方向を向いて、ぽかんとしていた。手をつないだ私たちは、いつでもただ立ちすくんでいた。

もうすぐ結婚する女の声は、あの牛乳のババロアのような、幸せな記憶を内包した声色になっていた。もうすぐ結婚する女も、ババロアの甘さをまだおぼえているだろうか。私たちがどれだけ同じ記憶を共有しているか、もうすぐ結婚する女も考えたことがあるだろうか。もうすぐ結婚する女は、あの甘さを内包したままもうすぐ結婚し、いつか子どもが生まれ、その子にまた甘いお菓子を作ったりするのだろうか。けれど私の体の中にも、ババロアの甘い記憶が内包されているのだ。何が違うというのだろう。もうすぐ結婚する女だろうともうすぐ結婚しない女だろうとどっちでもいいことじゃないだろうか。今の私の声を、このままの私の声を、甘い声だと誰か言ってくれたらいいのにと時々思う。

ひさしぶりに会うことができたというのに、もうすぐ結婚する女の顔がほとんどマスクに隠れているというのは残念である。ひいき目といえばそれまでだが、もうすぐ結婚する女はとてもかわいい顔をしているのだ。季節から考えるに、もうすぐ結婚する女は花粉症だろうか。意外である。この世に花粉症のもうすぐ結婚する女がいるなんて。一目でそれとわかるような溢《あふ》れんばかりの幸福感に包まれ、花粉も尻尾を巻いて逃げ出すのが、もうすぐ結婚する女ではないのか。まさかマスクをしているもうすぐ結婚する女がいるとは。

私もこの人生で幾度も結婚式に出席したものだが、花粉症の花嫁などは見たことがない。マスクをしている花嫁など見たことがないし、ポケットティッシュを持ち歩いている花嫁ももちろん見たことがない。それにウエディングドレスにポケットはないはずだ。このことからも花粉症の花嫁など、はなから想定外であることがわかる。和《わ》装《そう》ならば、袂《たもと》に隠すこともできるだろうが、どちらにしても見たことはない。袂からポケットティッシュを取り出す花嫁などは。

そもそももうすぐ結婚する女が花粉に苦しめられているというのも驚きだ。もうすぐ結婚する女というものは、あらゆる邪悪なものを寄せつけずはじき飛ばす。そういう魔法にかかるのだろうと思っていた。しばらくの間最強なのだと思っていた。結婚することが決まり、結婚式が過ぎ、蜜月《みつげつ》から日常に移行していくまではノープロブレム、そこから緩やかに魔法は解かれていくのだと思っていた。それが花粉なんかにやられるなんて。

まずは忘れないうちにもうすぐ結婚する女にお金を返そうとしたが断られた。たいした金額ではない。だいたい四〇〇円ほどだ。私の家で一緒に夕飯を作って食べることになり、近所のスーパーで買い物をしてレジで会計を済ます際、小銭の持ち合わせがなかった私の代わりに、横にいたもうすぐ結婚する女が端数《はすう》を出してくれたのだ。ちゃんと私のことを見ていてくれたことがわかるタイミングで、もうすぐ結婚する女は私に小銭を渡してくれた。そういうことは少なくない。役割が逆転する時もある。付き合っていくうちに、小さな貸し借りは貸し借りではなくなっていく。二人の間の共有部分が増え、はっきりしていたものがあいまいになる。そうしてもうすぐ結婚する女と私はもうすぐ結婚する。結婚とは今の関係の進化系だ。さらに一人一人の輪郭《りんかく》がぼやけ、ますますいろんなことがあいまいになるだろう。二人で一人みたいな心境になるのだろう。それは幸せなことだと思う。けれどその一方で、急に輪郭を現す現象もあるだろう。

　夕飯を食べ終わった今、もうすぐ結婚する女は私たちが使った食器を洗い、私はテーブルを拭いている。私は昔からそうなのだが、私が今テーブルを拭いていること、もうすぐ結婚する女が皿を洗っていること、これが家事だとはどうしても思えない。家事って一体なんなのだ。洗濯や炊事《すいじ》、生活していたら当然必要になる行為のあれやこれやに家事だなんて名前が付くのは合っているのだろうか。急に義務みたいになるではないか。今まで一人暮らしをしていて、自分がやっていることをいちいち家事だと意識しながらしたことなど一度もない。いつもなんとなくやっていた。もうすぐ結婚する女だってそうだと思う。なのに他人同士が同じ家に暮らすことになると、それらの行為の総体が急に家事になる。突然深刻味をもって目の前に立ち上がってくるのだ。家事は立体だ。その途端、分担だの負担だの考えなくてはいけなくなる。そのうちどちらかに自分の方が家事を多めにやっているなどという不満が芽生えはじめ、それが諍《いさか》いの原因になり、二人とも疲れてしまうような、そんなの合っているのだろうか。結婚しなければ、皿を洗うという行為は純粋に皿を洗うという行為のままであるのではないか。私は皿を洗うという行為を家事になんてしたくない。私たちは皿洗いを家事にせずにどこまでやっていけるだろうか。いや、やっていけると思っているからこそ、もうすぐ結婚する女と結婚しようとしているのだが。私は最近そんなことを考える。今、皿を洗いながら楽しそうに笑っているもうすぐ結婚する女に、生活の疲れを見る日が私は恐い。私が、もうすぐ結婚する女が疲れる原因になるかもしれない。それが恐い。そんなことを言うんです。そんなのどうでもいいじゃん、そん時そん時でいいじゃんって私は思うんですけど、男の人って案外繊細《せんさい》ですよね、と電話口でもうすぐ結婚する女が私に言う。婚約者に対しての愚痴《ぐち》でもう三〇分だ。私は立場上若い人によく相談されるのだが、相談されることは別に構わないのだが、正直なところ私にはよくわからない。さあねえ、そうねえ、どうなのかしらねえ。私はふわふわと相づちを打つ。

もうすぐ結婚する女は奥の部屋まで私を招き入れた。部屋はよく片付けられていた。壁際にある木製の低い棚の上に、以前私がもうすぐ結婚する女に贈ったシルバーの写真立てが置いてある。写真立てには、もうすぐ結婚する女と私が笑って写っている写真が飾られている。懐かしい。飾ってくれていてうれしい。私はダイニングテーブルのイスに座り、お茶の準備をするもうすぐ結婚する女のマスクをした横顔を見つめた。私はもうすぐ結婚する女のことが心配になった。離れている間ももちろんいつも気にかけてはいたが、いい年をした二人がべたべた気に掛け合い連絡を取り合うのもよくないだろうと思い、向こうから連絡があるまでこちらからはあえて連絡をしないようにしていたのだが、それが裏目に出たのかもしれない。よく考えてみれば、もうすぐ結婚する女は何かあるとすぐ体調を崩し風邪などひきがちだったのだ。もっと気を付けてあげればよかった。

もうすぐ結婚する女が運んできたトレイには、耐熱ガラスのティーポットとお揃いのカップが二つ、道中で私が買ってきたチーズケーキがのった皿が二枚。もうすぐ結婚する女はチーズケーキが好きなのだ。私は安心した。それなりの値段がしたであろう耐熱のポットや外国製のしゃれた食器をもうすぐ結婚する女が使っていることに。一〇〇円ショップで買ったような、何もうまくいかない疲れた夜に思わず砕《くだ》き割《わ》ってしまいたくなるような、安っぽい陶器のポットを使っていないことに。美しいガラスポットの中にはハーブが沈んでいることに。そういう小さな余裕が抑止力になることが、もうすぐ結婚する女を助けることが、あるだろうと思うからだ。生きていくうえで。私はただ経済的な側面から言っているのではない。それは何かもっと別のものだ。うまくは説明できないのだが。

はじめてもうすぐ結婚する女に出会ったのは、大学に進学するために、田舎から出てきた時だった。雪深い土地で育った私は、長靴を履いて東の土地へ向かい、新幹線を降りた後、誰も長靴など履いていないことに驚いた。急にぶかぶかするように感じられはじめた長靴でアスファルトを踏みしめ、私はこれから生活することになる大学の寮へと向かった。広大な大学構内の隅っこに位置する女子寮は、古くぼろぼろだったが、すべてが新鮮に感じられた。同室はもうすぐ結婚する女だった。地方組同士、もうすぐ結婚する女と私はすぐに意気投合した。鍵《かぎ》がかからない五畳ほどの畳の部屋で、私たちの共同生活がはじまった。部屋にはベッドなどなく、毎日ふとんを敷いて寝て、朝になればふとんをたたみ、押し入れにしまった。朝と夜にある点呼の際には、入り口の木の引き戸を開け、寮長が巡回に来るまで、二人並んで正座をして待った。たまにどちらかが、近所の花屋で鮮度が落ちて値下げされた切り花を買ってきては、窓辺に飾った。花びらのふちが少し茶色くなっていたが、それでも充分きれいだと思った。短大を卒業したら許嫁《いいなずけ》と結婚することが決まっていると、ある夜寝しなにもうすぐ結婚する女は私に言った。私は驚いた。はじめて結婚が自分の近くに迫ったように感じた。それから今日まで何人ものもうすぐ結婚する女に出会い、すれ違った。結局私自身がもうすぐ結婚する女になることはなかったが、それでももうすぐ結婚する女が私にはいる。

お茶をカップに注《そそ》ぎ、片方のカップを私の前に置くと、自分もお茶を飲むためもうすぐ結婚する女はマスクをはずした。ひさしぶりにもうすぐ結婚する女の顔を見た。

「いきなり来てびっくりするじゃない。連絡くれたら迎えに行ったのに」

ひさしぶりにもうすぐ結婚する女の声を聞いた。もうすぐ結婚する女の声は年々やさしくなる。子どもの頃は全部録音したいと思うほど愛らしい声をしていたものだが、一〇代二〇代と鋼《はがね》のような声をしていた時期もあったのだ。ひさしぶりに会ったもうすぐ結婚する女の声は、心なしかさらにやさしくなったように感じる。ずっと以前の姉の声に似ているような気が一瞬したが、すぐに忘れた。姉は三人の子どもを育て上げ、その過程で細かった腕はがっしりと太くなり、同時に声も太く大きくなった。姉の腕がつかめないものはなくなったし、姉の声はどこまでも届くようになった。

「わざわざエレベーターがないこんなところまで来なくても、外で会えばよかったのに。まだ足悪いんでしょう?」

「たいしたことないわよ。それよりマスクなんかしてどうしたのよ? 体気を付けなさいよ」

「ああ、これ。ここ古くてオートロックないし、覗《のぞ》き窓《まど》からあんまり外よく見えなくて恐い時があるから、一応ドア開ける時につけてるだけ。なんとなく防御用」

もうすぐ結婚する女は笑いながら言う。マスクで何を防御しようとしているのだ。確かにすぐ顔を知られることがないという利点はあるかもしれないが、何にしろマスクを過大評価し過ぎであろう。頼もしいのか頼りないのかよくわからない。いくつになっても面白い子だ。私は苦笑する。それにしても五階の高さで飲むお茶はおいしい。五臓六腑《ごぞうろっぷ》に染み渡る。

「私、今日は式場の下見に行ってくるね」

「あらそう、しっかり見てらっしゃいよ。昔みたいにぼんやりしてちゃだめよ」

母ならばこう言うかもしれない。きっと言うだろう。簡単に想像できる。可笑《おか》しい気持ちになりながら女は立ち上がると、飲み終わったお茶のカップを流しに運んだ。もう一つのカップはそのまま、写真立ての前に置いてある。戻ってくるまでそのままにしておこうと女は思う。写真立てには色褪《いろあ》せた写真が飾られている。小さな女の子と、二〇代から三〇代ぐらいだと思われる女の写真だ。明るい冬空の下、二人は体を密着させ、カメラを向いて笑っている。どうかするほど笑っている。女の子は、ニットの帽子分厚いジャンパーコーデュロイのスカート手袋ニットのタイツと隙のない重装備をさせられ、出ている素肌はほとんど顔だけだ。小さい頃はタイツがちくちくするし、服も重くて辟易《へきえき》したものだが、女を外の世界から守るため、女によって結界が張られていたことに、だいぶ後になって女は気が付いた。そしてその結界を何と呼ぶのか今ならわかる。写真の中と同じように、今日もいい天気だ。写真立ての横に置かれた花瓶に生けられた花は、花びらのふちが少し茶色くなってきている。帰りに花屋に寄って新しい花を買ってこようと女は思う。小さく聞こえてきた鳥の鳴き声に釣られて窓の外を見たが、鳥の姿は見つからず、いつもの住宅街が目の前に広がっているばかりだ。以前は隣町のショッピングモールが見えたのだが、だいぶ前に不況が原因で取り壊され、空き地になって久しい。次は何ができるのかと女はずっと楽しみにしていたが、それを知ることなくこの部屋から引っ越すことになるだろう。出かける準備が整った女は玄関へ向かい靴を履き終えると、ドアを開けながら一度部屋の奥を振り返り、外へ出た。誰もいない部屋の中、鍵がかかる音がドアの向こうで小さく聞こえた。

ウォータープルーフ嘘ばっかりじゃない！

AB　嘘ばっかり！　嘘ばっかり！　ウォータープルーフ嘘ばっかり！
A　いつまでも女の子女の子言うんじゃねー！
B　こちとら三〇過ぎてるっつうの！
AB　嘘ばっかり！　嘘ばっかり！　ウォータープルーフ嘘ばっかり！
A　えーお初にお目にかかります。我々「ちふれ」と申します。社会にはびこる嘘をあばくため日夜活動しております。皆様、化粧品会社「ちふれ」の正式名称をご存知でしょうか？　「全国地域婦人団体連絡協議会」です。なんて間口の広い名称でしょう。要するにですね、女性が団体を結成したら、それはすべて「ちふれ」であり、つまりは我々も「ちふれ」である、ということなのです。普段は職場近くの公園を拠点《きよてん》として活動しておりますが、本日は皆様にどうしてもお伝えしたいことがございまして、こうしてここまでやって参りました。

B　出張［ちふれ］でございます。

A　それにしても上野なんてひさしぶりね、副会長。それにいい天気だこと。

（微笑《ほほえ》んで空を仰《あお》ぐ）

B　そうですね、会長。（同じく微笑んで空を仰ぐ）

A　えーコホンッ（周りの空気に気が付いたように咳払《せきばら》い）、それでは早速本題に参りたいと思います。我々［ちふれ］が皆様にお伝えしたいこと。それはですね、素晴らしい、皆様は素晴らしいです！　まずそれをお伝えしたかった。本当に感服《かんぷく》しております。感服することしきりです。列ができる場所といえば、開店前のH&Mしかないのではというこのわびしいご時世に、土偶展《どぐうてん》に並んでいるあなた方は本当に素晴らしい！

B　しかも一時間待ち！　トレビアン！

A　この一時間待ちは誇りに思っていい一時間待ちだと思います。

B　皆様あっての一時間待ちです。

A　先日土偶展に列ができているという情報をキャッチした時、私は胸にポッと小さな灯が灯《とも》ったような心持ちになりました。そんなことがあるのかと思いました。そうして本日その情報が真実であるかどうかを確かめるべく、また真実であるならば皆様をねぎらうべく、やってきたのですが、実際博物館の前に皆様がつくった列を見た時、私は目頭が熱くなりました。ああ、またぶりかえしが。（Aポケットからハンカチを取り出し目頭を押さえる）

（Bもハンカチを出し同じ動作）

失礼しました。正直私は日本の未来は明るいな、と思ったのです。うれしかったのです。不況だ不況だと言いつつも、おしゃれだロハスだ二次元だサブカルだ、と人それぞれてんでばらばらな方向にダッシュする現代社会。けれどなんだかんだ言ったって土偶展に列できるんじゃない、と。土偶展には人類を束《たば》ねる超越した力があるのです。H&Mに列ができる日本よりも、土偶展に列ができる日本が好きです。そんな日本が大好きです！　日本もまだまだ捨てたものじゃない。そのことに気付かせてくれた土偶展とあなた方に、我々「ちふれ」、心からの感謝をお伝えしたいです。あなた方は希望の星です。本当にありがとうございます！

AB　ありがとうございます！（2人高校球児のように深々と礼）

A　えー、本題はこれで済みましたが、1時間待ちの列の中、皆様少々退屈もされていることと思います。せっかくですので我々「ちふれ」のいつもの活動をご覧頂ければと思います。

（AB目配せする）

AB　嘘ばっかり！　嘘ばっかり！　ウォータープルーフ嘘ばっかり！

B　えー、ウォータープルーフといえばもちろんマスカラですが、私長年疑問に思っていることがございます。

A　あら、初耳。そうなの、副会長？

B　ええ、会長。いまからお話し致します。男性の中にはあまりご存知ない方もおられるでしょうが、マスカラのボトルといいますのは、個々に多少の違いはありますが、だいたいぶっとい万年筆のような形状をしています。その中にマスカラ液というものが入っており、内蔵のブラシを出し入れすることによってマスカラ液をブラシに付け、そしてそのブラシをまつ毛に一はけ二はけするとあーら不思議、目元にインパクトが生まれます。私、今となってはマスカラなしの人生なんて一日たりとも想像したくありません。我が人生で消費したマスカラの本数はある時点で我が人生で消費した鉛筆の本数を上回ったのではないかと思います。そしてまさにその時こそが、私が大人の階段を上った瞬間ではないかと思います。まあそんな人生走《そう》馬《ま》灯《とう》はいいのですが、そうしてマスカラを使い続ける中、一つどうにも拭《ぬぐ》いきれない気持ち悪さがあったのです。それはですね、マスカラの替え時、これは一体いつがベストタイミングなのだろうか、ということでございます。マスカラ液が一液も残らないほど使い切ったという経験もないですし、マスカラに関しては使い切る時が替え時ではないというまことしやかな噂もあります。ボトルの中の様子がまったく窺えないため、これはもうすぐなくなるぞという目測がまったくつかず、落ち着かない思いです。いっそマスカラのボトルがハミガキ粉のチューブのように、使った端からつぶしていけるような単純明快な構造をしていてくれたら。内部の秘密を解明するべく、マスカラのボトルを叩《たた》き割《わ》り、世紀の神秘に挑《いど》みたくなる時もしばしばです。今のところ、「なんとなくそろそろかな？　だってパサパサしてきたもんな」とぬるっと判断していて、すこぶる曖《あい》昧《まい》模《も》糊《こ》な状態です。ですから、一度透明な容器に入ったマスカラを販売してほしい。たった一度でいいのです。マスカラ液がどれぐらい内部に入っていてどう減っていくのかを見せてもらえれば、そして替え時の目安を構造的に理解できたなら、今後安心してマスカラと付き合っていけるというものです。政治だけではなく、化粧品にも透明性が叫ばれている昨今ですが、ここは一つ、マスカラのボトルにも透明性を！

A　副会長、素晴らしい着眼点です。成長しましたね。皆様、ともに叫びましょう。

AB　マスカラボトルにも透明性を！

A　副会長、ありがとう。皆様、副会長に大きな拍手を！　それでは次は私の番でございます。実は私、最近世代とは何だろうかとずっと考えております。きっかけは、一曲の歌でした。先日とある歌番組で、歌手の広瀬香美さんの特集をしていまして、で、私も一〇代の頃よく聴いたなあなんて懐かしい気持ちで見ていましたんですけども、新曲が出たということで、ご本人のインタビューが流れたのです。かいつまんで言いますと、「最近の世の中は皆元気がないけれど、私はものすごく活気があった頃の日本を知っているので、この歌で元気にしてあげたい」ということでした。で、薄々嫌な予感がしつつ見ていれば、その新曲「とろけるリズム」の歌詞がですね、「世界中バテぎみの中　女は常にマイペース　運気は景気良くアゲアゲです」「彼氏が今　プチ不調　自腹切って助けちゃおう！」「年齢不詳モテキャラで　ミルフィーユのように年齢を重ねたい」「最強ウェーブに乗って　ストッパーはずせ　ＧＯ ＧＯ」など薄ら寒いフレーズのオンパレード。しかも「前の波に乗り損なった方　この次こそ　ご一緒に」とか歌っておられまして、これには笑いを通り越して腹が立ちました。正直なところ、バブル世代にはじめての殺意を覚えたくらいです。なぜなら誰も乗り損なってなんかいないからです！　いくらバブルの頃が楽しかったか知りませんけども、それはあなたの人生にとって一番良い時だっただけで、自分の思い出アルバムをこちらに押し付けてくるのはやめて頂きたい。その頃の異様なテンションを元気のバロメーターにされても困るというか、私は私のバロメーターで毎日元気にやっています。景気とか運気とかうるさいよ。今更どうしろっちゅうねん。それでも乗れ乗れ言うのであれば、口だけでなくデロリアンを発明して頂きたいです。そしたら仰せの通りにしっかり見てきてやりますよ、元気があった頃とやらを。何が「ミルフィーユのように年齢を重ねたい」ですか。土偶ぐらい長生きしてから言ってみろ。

B　（腕時計を見ながら小声で）会長、そろそろ…

A　あら、大変。長々とご清聴《せいちょう》ありがとうございました。まだまだ言い足りないところではございますが、ここで終わらせて頂こうと思います。皆様の退屈しのぎにでもなっていれば、我々「ちふれ」、こんなにうれしいことはございません。これから我々も僭越《せんえつ》ながら皆様の末席を汚《けが》させて頂きます。

B　この列に加わることができるなんて光栄ですね、会長。

A　ほんとね、副会長。これは未来へと続く列よ。

B　あらすごい、最後尾があんなに遠く。

A　楽しみねえ、土偶。

B　楽しみですねえ、土偶。

（二人、うきうきと最後尾に消えていく）

はじめてお目にかかります。私は大野公子と申します。新丸子《しんまるこ》在住三三歳です。休日は二子玉川に足を延ばすことが多いです。住んでおりますのは「セフィーヌ多摩川」三〇二号室でございます。「セフィーヌ」という響きに惹（ひ）かれてこのマンションに決めました。ある年代の女性というものは、こういったベルばらのにおいのする名前に弱いものだと思います。間取りは2K。バスタイムは貴重なリラックスタイムですので、お風呂とトイレはセパレート。これだけは譲れません。電話番号ファックス番号はお伝えした方がいいのかどうか迷うところですが、あなた様から電話がかかってきたりファックスが届いたりする絵がまったく浮かびませんので、ここは省略させて頂きます。最近遅まきながらバーニャカウダにはまっています。はじめて食べた時はあまりのおいしさにびっくりしました。できれば毎日でも食べたいくらいで、自宅用バーニャカウダセットを購入するかどうか悩んでいます。バーニャカウダは食べたことございますか？　もし機会がありましたら、ぜひ一度ご賞味ください。好きな言葉は「始発駅」です。座席に座れる確率が限りなく高くなるからです。座れるかどうかで通勤ライフの充実度が大きく変わってきますから。まだまだ若輩者《じゃくはいもの》の私ですが、いつかは「始発駅」に住むことのできる女になりたいと思っています。また「始発駅」という言葉に含まれる、ここからはじまるんだなっというフレッシュさというか夜明け感も気に入っております。嫌いなものはあまりありません。苦手な食べものもなく、だいたいなんでもおいしく頂けます。ですが、私のことをよく知って頂くため強《し》いて言うなら、嫌いな言葉は「コトコト」です。スープやシチューを煮込む際、時として使われるあの「コトコト」です。私は「コトコト」という言葉を聞くと恥ずかしくて死にそうになります。絵本の中でくまさんうさぎさんがスープを「コトコト」煮ているのならまったく問題ないのですが、ＣＭや料理番組などで人類が「コトコト」と口に出しているのを耳にする度に、じんましんが出そうです。皮膚感覚に近い拒否反応ですので、どうしてだと問われましてもどうにもうまく説明できませんが、わたくし大野公子、「コトコト」という言葉に言い様もないほどのカマトトを感じます。もし私の朋友《ほうゆう》が

「昨日大根をコトコト煮たの」などと言いだした際には、友人であることをやめたくなると思います。もしくは「このぶりっ子が！　おまえはそんなヤワな精神の持ち主じゃなかっただろう！」と素面《しらふ》で説教したいと思います。だいたい「煮込む」という行為の主体は人間ではなくて鍋ではないでしょうか。自然発生的な、ことこと、かたかたという心温まるリズムを刻みながら、無骨《ぶこつ》に仕事をまっとうしている鍋に対して、「コトコト」なんてふ抜けた言葉を無粋にもさらに装飾するなんて。これはもう人間のエゴでしかありません。鍋側からアドバンテージを少しでも奪おうとして必死です。いえ、違います、このあったかスープを煮込んでいるのは、鍋なんかではなくこの私です、と。話が長くなってしまって申し訳ありません。こういうつい熱くなってしまう一面も持ち合わせております。クリスマスにはクリスマスケーキ、お正月にはもちを食べるあいまいな日本の私ですが、今年からは心を入れ替えたいと思います。昨年までの私には真剣味が足りておりませんでした。ささっと一言で済ましておりました。けれど先日朋友から諭《さと》されました。そういうことではいけない。まずはしっかり自身の自己紹介をし、あなた様にこちらの素性をわかって頂く。その上でお願いをしなければ、叶う願いも叶わない。これが正式な作法であると教わりましたので、こうして恥ずかしながらも私のことを話しております。長々と述べて参りましたが、少しは私のことがおわかり頂けましたでしょうか。つきましては、今年こそ、今年こそ、彼氏が欲しい。これが私の願いでございます。こちらの神社は縁結びで名高いと聞きました。件《くだん》の朋友もあなた様にご参拝して、今では良きパートナーにめぐり逢い、幸せな日々を過ごしております。どうぞ、どうぞご尽力よろしくお願い致します。難しいことは申しません。高望みもしておりません。ただ穏やかな日々をともに過ごせる男性に出会いたい。そんな謙虚な気持ちでお待ちしておりますので、何卒《なにとぞ》よろしく申し上げます。最後にお賽銭《さいせん》を投げさせて頂こうと思います。今まではどこの神社のお賽銭もご縁だけに五円とさせて頂いておりましたが、今年は奮発して五〇〇円にさせて頂こうと思っております。五円じゃない。五〇〇円です。一〇〇倍です。おわかり頂けますでしょうか。一〇〇倍の気持ちでございます。何卒、何卒よろしくお願い致します。信じています。世知辛い、嘘ばっかりの世の中ですが、この世に夢と希望はあると信じています。いつの間にか後ろに長蛇《ちょうだ》の列ができていたようですので、そろそろ失礼させて頂きます。最後にもう一度だけお伝えしておきますが、私は大野、大野公子でございます。住んでいるのは新丸子です。もし引っ越すことなどありましたら、またご報告に参ります。それではどうぞよろしくお願い致します。最後までご清聴ありがとうございました。なんだか選挙演説みたいになってしまいましたが、神様、あなたも良い一年を。

タッパー

積み重なったタッパーがある。解凍したてで、中はまだ水滴で曇っている。

カチコチに凍っていたタッパーを電子レンジで解凍しては重ねていった。霜に覆われ、すっかり別の何かになっていたそれらは、レンジの中で怪しく光りながら、くるくると回転していた。

ブイーン、ピー、ブイーン、ピー、ブイーン、ピー。

行程を音で表すと、ずいぶんシンプルなものだ。

青い半透明のふたに半透明のタッパーは、機能性を謳うだけあり、確かに使いやすく、デザインも日常的に飽きがこない。何より、同じかたちのタッパーを重ねた時の、ぴしっと整った感じは文句なく美しい。機能美という言葉がぴったりだ。

タッパーに見とれていると、少しずつその奥が見えてくる。容器の内側がもぞもぞと動き出す。

三列に並べたタッパーの塔の、中央列五段目のタッパーの中では、黒い髪に黄色い肌の四人家族が食卓を囲んでいる。余談だが、彼らは自分たちの肌の色を黄色だと思ったことがない。彼らの肌を黄色だという人たちのことを、黄色という色をちゃんと見たことがあるのだろうかと彼らは内心訝しく思っている。黄色というのは、食卓の上のこの着色料たっぷりのたくあんみたいな色のことだろう。彼らは食事中あまり会話をせず、食器のカチャカチャという音だけが小さく聞こえてくる。

左列七段目のタッパーの中を、凄まじい数のバイクが車両を縫うようにして走っている。熱い風につかまらないように、半袖のシャツやヘルメットからはみ出している頭に巻いたスカーフをはためかせながら、彼らは疾走する。

その下のタッパーでは、金髪の男女が、テレビをつけっぱなしにしたまま、ソファの上でいちゃいちゃしている。そのつけっぱなしのテレビのドラマの中のカップルもテレビの前のソファでいちゃいちゃしており、そのテレビの中でもカップルがソファでいちゃいちゃしている。悲しき永久運動だ。

右列二段目は、おたまじゃくしでいっぱい。

中央列十一段目には万里の長城、右列十四段目にはピラミッド、同列の二十五段目には鮮やかな色をした鳥と蝶が飛び回る熱帯雨林が入っている。

左列三十二段目の北極のシロクマは、氷の上を右に左に8の字を描き続けている。動物園の檻の中に閉じ込められている時と同じ現象がここでも起こっている。ペンギンは素知らぬ顔をして泳いでいる。

シャチもイルカもアザラシもマンタもそれぞれ別々のタッパーで泳いでいる。深海魚のタッパーは真っ暗で中がまったく見えない。チョウチンアンコウの灯りも役に立たないほどの闇だ。しかし、その斜め上のタッパーの中で、灯台の光が旋回し、その務めをしっかり果たしているのはわかる。

（停電の知らせが集合ポストに入っていたのは、二週間ほど前のことだった。大規模な停電で、日々の野菜や牛乳が冷やされている冷蔵室の下、不測の事態のため冷凍室で保存しているタッパーのことがすぐに頭をよぎった。このままでは被害はまぬがれないだろう。クーラーボックスを用意するなど、解決策が頭にいくつか浮かびはしたが、正直、そのすべてがいまやどれも面倒に感じられた）

目の前の、様々な生の営みや遺産が入った大量のタッパーは、ガラス張りの高層マンションのように見える。エレベーターがついていないのが不思議なくらいだ。

しばらく眺めた後、フォークや箸を手に手に、タッパーの蓋を一斉に開けていった。ぱかっと明快な音をたててプラスティックの蓋を取ると、驚いた目が上を向く。歓談しながら、フォークや箸やナイフを動かす。いくつか予想外のことが起こりはしたが、最終的にはきれいに平らげた。

解説　今という戦場

穂村　弘

松田青子さんと対談をした時、彼女はこんなことを云っていた。

幼稚園の段階で「自分は駄目だな」ってわかりました。集合写真も私だけ完全に浮いているんです。真っ直ぐに立ててない。

「花椿」787号（2013年7月）

面白いな、と思った。特に「真っ直ぐに立ててない」ってところ。確かに、それは「駄目」そうだ。気をつけとか前へならえとか、日本では基本中の基本だから。

また、恋愛について尋ねた時の答えはこうだった。

恋愛とか全然面白くないですよね、なんなんですか、あれ。岩館真理子さんとかの少女漫画がすごく好きで恋愛とはああいうものだと思っていたのに、実際自分が恋愛をしたら同じことは再現されないじゃないですか。それがまず不思議で。

「花椿」787号（2013年7月）

「なんなんですか、あれ」って訊かれても困るけど、笑ってしまった。幼稚園の頃から「真っ直ぐに立ててない」、そして「恋愛とか全然面白くない」。この人は、一見そうは見えないけど、中身は完全なはみ出し者ではないか。

そんな作者が考えた「スタッキング可能」というタイトルは、アイロニカルなニュアンスを帯びているように見えた。現代の日本ではどんな「わたし」であってもどんな「あなた」とも交換可能なんですよ、完全なはみ出し者以外は、という。

また本書には、普通であれ、女であれ、という世間の同調圧力に対する呪いの言葉が充ちている。確かに、無根拠に押しつけられる普通との戦いは、悪との戦いよりもずっと厳しい。普通との戦いにおいては、いつの間にかこちらが悪にされてしまうからだ。その透明で最悪な普通に挑む作者の姿勢は、清々しいほど徹底している。

だが、読み進むうちに、それだけではないことに気がついた。

好きなスカートに好きな靴に好きなバッグに好きなポーチに好きなリップ。大丈夫。私は守られている。C川は働こうと思った。働くぞ私は。そのために私はここにいる。C川はリターンキーを押すと、スリープ画面を蹴散《けち》らした。

「スタッキング可能」

なんという真っ直ぐさ、わかりやすさ、そして捨て身さだろう。よく書いたな、と思う。だって「好きなスカートに好きな靴に好きなバッグに好きなポーチに好きなリップ。大丈夫。私は守られている」なんて、例えば戦前生まれの人には呆れられても仕方のないひ弱さ、そして薄っぺらさではないか。

だが、ここには現在を生きる我々の切実感が宿っている。昔の人だって今の会社で働いてたらこうなるんだよ、と私も主張したい。でも、云えない。それは無意味な仮定だと思ってしまうからだ。

その意味で、現代の日本で生きることの困難や苦痛を表現するのは難しい。昔に比べたら、或いは今も恵まれない国の人々に比べたら、ここは天国のように見えるからだ。真夜中のコンビニエンスストアには必需品の全てが揃っていて、デパートには考え得る贅沢品の全てが溢れている。でも、我々の苦しみは、それらと同居するように確かに存在している。ただ、はっきりと指し示すことができないのだ。そのまま書いたら、恵まれた時代と場所に生きている者の、単なる甘えや贅沢にされてしまう。どうしようもない。戦争体験者や飢えた人々を前にしては、今の日本で普通に暮らしている我々の絶望も希望も語ることができない。どうしてなんだ。こんなにはっきり感じてるのに。

だからこそ、本書の特異なスタイルは生み出されたんじゃないか。収録された一篇ごとが普通の小説とは違う姿をしている。お洒落とかセンスでそうなっているわけではない。どの一つをとっても、こんなにはっきり感じてる、ということに対してできるだけ真っ直ぐであろうとした結果というか、藁をも掴むぎりぎりの一回性の輝きがある。二度目はないのだ。

その点では、詩にも似ている。例えば、マーガレット・ハウエル↓マーガレットはうえる↓「マーガレットは植える」という発想。或いは「最後までもうすぐ結婚する女がもうすぐ結婚する女だと私は知らなかったのだが、もうすぐ結婚する女と同じグループになった」という奇妙な一文。そして「嘘ばっかり！　嘘ばっかり！　ウォータープルーフ嘘ばっかり！」という決め台詞。いずれの場合にも、主体的な意図を超えた言葉の偶然性を生かそうとする感覚があると思う。必死の思いがあるからこそ、自分よりも言葉に賭ける、という詩の作法だ。
マーガレット・ハウエルという一点から転がりだした言葉は、こんな風に展開される。

「マーガレットは植える」

でもどれだけ箱をさばいても、以前のようにマーガレットの心が温かくなるような素敵なものは出てこなかった。マーガレットは悲しみを植えた。マーガレットは不安を植えた。マーガレットは後悔を植えた。マーガレットは恐怖を植えた。マーガレットは恐怖を植えた。マーガレットは恐怖を植えた。マーガレットは恐怖を植えた。マーガレットは恐怖を植えた。くる日もくる日もマーガレットは罰ゲームのように恐怖を植えた。

この文章は普通の散文のようには視覚化できない。にも拘わらず、意味とは別のリズムの力によって、我々が立たされているのがどんな戦場なのか、味わっているのがどんな飢えと怖れなのか、びりびりと伝わってくる。
本書に収められた作品たちは、絶望と希望の塊のようだ。二十一世紀の生温い絶望をぎりぎりまで圧縮することで希望に転化する力を秘めている。

「大丈夫です。私たち、きっと大丈夫です。こんなにがんばっているんですから、大丈夫に決まっています!」

どこかのフロアからCの声が聞こえた。どのCが言ったんだろう。何人もいるからすぐにわからない。まあ、どのCもだいたい言うことは同じだから、どのCでもいいだろう。

「スタッキング可能」

「C」の言葉のひ弱さと薄っぺらさが何故か胸に沁みる。表題作のラストシーンでは「スタッキング可能」という言葉がくるりと反転して光が溢れ出す。それは、「わたし」と「あなた」は時間を超えて繋がれる、って意味だったんだ。

(歌人)

＊本書は二〇一三年一月、弊社より単行本として刊行された『スタッキング可能』に、書き下ろし短篇（「タッパー」）と穂村弘氏による文庫版解説を新たに収録したものです。

［初出］
スタッキング可能　「早稲田文学」5号（二〇一二年九月）
マーガレットは植える　「早稲田文学」記録増刊　震災とフィクションの〝距離〟（二〇一二年四月）
もうすぐ結婚する女　「早稲田文学」増刊π（二〇一〇年一二月）
ウォータープルーフ嘘ばっかり！／ウォータープルーフ嘘ばっかりじゃない！　「早稲田文学」増刊 wasebun U30（二〇一〇年二月）
　「早稲田文学」3号（二〇一〇年二月）
　「WB」vol.019（二〇一〇年四月）
タッパー　書き下ろし

スタッキング可能《かのう》

二〇一六年 八 月一〇日 初版印刷
二〇一六年 八 月二〇日 初版発行

著 者 松田青子《まつだあおこ》
発行者 小野寺優
発行所 株式会社河出書房新社
〒一五一‐〇〇五一
東京都渋谷区千駄ヶ谷二‐三二‐二
電話〇三‐三四〇四‐八六一一（編集）
〇三‐三四〇四‐一二〇一（営業）
http://www.kawade.co.jp/

ロゴ・表紙デザイン 粟津潔
本文フォーマット 佐々木暁
本文組版 KAWADE DTP WORKS
印刷・製本 中央精版印刷株式会社

Printed in Japan ISBN978-4-309-41469-0

ひとり日和

青山七恵　41006-7

二十歳の知寿が居候することになったのは、七十一歳の吟子さんの家。奇妙な同居生活の中、知寿はキオスクで働き、恋をし、吟子さんの恋にあてられ、成長していく。選考委員絶賛の第百三十六回芥川賞受賞作！

福袋

角田光代　41056-2

私たちはだれも、中身のわからない福袋を持たされて、この世に生まれてくるのかもしれない……人は日常生活のどんな瞬間に、思わず自分の心や人生のブラックボックスを開けてしまうのか？　八つの連作小説集。

野ブタ。をプロデュース

白岩玄　40927-6

舞台は教室。プロデューサーは俺。イジメられっ子は、人気者になれるのか?!　テレビドラマでも話題になった、あの学校青春小説を文庫化。六十八万部の大ベストセラーの第四十一回文藝賞受賞作。

掏摸《スリ》

中村文則　41210-8

天才スリ師に課せられた、あまりに不条理な仕事……失敗すれば、お前を殺す。逃げれば、お前が親しくしている女と子供を殺す。綾野剛氏絶賛！大江賞を受賞し各国で翻訳されたベストセラーが文庫化。

カツラ美容室別室

山崎ナオコーラ　41044-9

こんな感じは、恋の始まりに似ている。しかし、きっと、実際は違う――カツラをかぶった店長・桂孝蔵の美容院で出会った、淳之介とエリの恋と友情、そして様々な人々の交流を描く、各紙誌絶賛の話題作。

蹴りたい背中

綿矢りさ　40841-5

ハツとにな川はクラスの余り者同士。ある日ハツは、オリチャンというモデルのファンである彼の部屋に招待されるが……文学史上の事件となった百二十七万部のベストセラー、史上最年少十九歳での芥川賞受賞作。

著訳者名の後の数字はISBNコードです。頭に「978-4-309」を付け、お近くの書店にてご注文下さい。